名家散文自选集

散文就是同亲人谈心

坐在山脚下看风景

范小青／著

民主与建设出版社

目录

第一部分

第二部分

第三部分

第一部分

一个人的车站

经常一个人坐火车。有时候是出差，更多的时候是回家。因为回家，所以所有有关赶车坐车的焦虑、疲惫、倒腾、麻烦、不确定，不安定，等等，都无所谓啦。

我是个很怕迟到的人，开会的时候，每次都提前到会场，有时早到工作人员连席卡都没放好呢，他们朝着我笑，我很难为情。可下次会适度一点吗，不会的，又早了，脾性就是这样的。如果真的早到不好意思的话，就说，哎呀，怕堵车呀，提前出来了，结果它又不堵了。

至于赶车，那更是要超量提前了。且不说性格如何如何，人到了这年岁，可不敢把自己赶得像条被追打的狗一样吐着舌头喘气。我有位同事每次出差都最后一个出门，最后一个赶到车站，掐着最后的检票时间进站，还从来没有误过车，真是大将风度，淡定一哥。学不来的。

于是，我就可能会比别人有更多的时间待在车站。

于是就有了一个人的车站。

车站可不是只有一个人，车站的人太多了，逢到高峰，比如节假日，比如民工回乡或返城，或者学生放假或开学，人会多到候车大厅连站的地方也没有。

我就在许许多多的人中间，感受着独自一人的感受。

我坐着，或站着，脚边搁着简单的行装，看或不看眼前来来往往熙熙攘攘的人群，因为我知道在我身边，几乎人手一机，不是手提就是平板，没有平板，也一定有手机，前几年还可见MP3，这两年连MP5都已绝迹。

欣赏影视剧，听音乐，发微博刷微信，玩游戏打扑克，也有的抓紧时间在办公，有的发邮件，总之不亦乐乎。

我知道他们的享受着。

我也享受着。

不过我的享受不是来自于电子产品，我一般不带电脑，也没有平板，手机是有的，但基本只用来打电话和发短信，最多就是查一查火车时刻，或者查一查下一次出差的线路以便确定下一次回家的时间。

我其实并不是在看周围的人，此时此刻我应该是目中无人的，我的享受来自于什么也不看，什么也不做，什么也不听，什么也不想，我在我自己的内心享受着自己的内心，相比身边的人，此时此刻的我，享受的是虚无、空白、空洞，享受两眼茫然。就这样。

一个人的车站，还有许多事情可说的。比如吃饭。我喜欢在车站吃饭，如果时间允许，我才不会吃过饭再去车站，相反我会提前出发，留出在车站吃饭的时间，我到永和去点一份套餐，偶尔也会开一次洋荤，吃个汉堡，或者二两白菜猪肉馅大娘水饺，哪天方便面馋虫爬出来了，我也会到水炉子上泡一碗面，过个瘾。方便面其实很好吃，只是平时被大家说的，不敢多吃，在车站吃方便面，天经地义地哄哄自己。

开水炉的水很烫，一冲下去，香味就腾起来了，腾起来的可不仅是香味，那也是一种幸福的感觉。

有一个很大的话题叫作你幸福吗？我也想过这个题目，觉得幸福可能更是一瞬间、片刻间或某一时段，因为它是一种感觉，感觉这东西，那可靠不太住，也坚持不了多久，它可是随来随走的。

在我住处的大门外一侧，有一扇绿色的小门，门非常窄，这是一个火车票代售点，每每走向这里，或经过这里，心里总是倍感温馨温暖，因为在漫长的日子里，那个小门不断地传递出一张又一张让我回家的车票。

幸福其实就是这么简单。

也有的时候，不知为什么忽然就心烦意乱，忽然就情绪不佳，这时候恰好要去参加一个枯燥冗长的会议，进入会场，悄悄地找到自己的位子坐下，忽然间的，一下子，心情好起来了，心生欢喜，心生宁静，一切烦恼皆已出窍飘走。感觉就是这样，说来就来，说走就走。

有一个人的车站，就有一个人的会场，一个人的闹市，一个人的世界。

你站在桥上看风景，看风景人在楼上看你。

当我进入一个人的车站时，一定有一个人在某个地方看着我。

南来北往都是客

2008年春节前，遇上了多少年未遇的大寒天气，向来温和的苏州城竟然也大雪纷飞冰冻三尺，就是那样的一个日子，我要到南京去工作了。

城里的街路已经完全堵塞封闭，我先生开车送我去火车站，车子开到一半，开不了了，雨雪纷纷地下着，地面结冰打滑，似乎是老天在试探我，考验我，往前走，还是向后转。

做了过河卒子，只能拼命向前。

于是，将车子停在路边，上了一辆人力三轮车，小小的车上，坐了两个人，还加上携带到南京去生活的那许多行李。三轮车顶着风雪，艰难地行驶在冰冻的街面上，我这儿还有心情撩开那破旧的门帘朝外张望，顿时冷风灌进来，冻得直打哆嗦，这可真是命运给我的一个下马威。

哼，一个在苏州生活了近半个世纪的苏州人，到了这把年纪，还想到南京去蹈那里的江湖，先给你点颜色看看。

只是我这个人，虽不是色盲，却也可以是色盲，如果看到的颜色不好看，我也可以只当作没看见。

于是我闭了闭眼睛，就顶着风雪到南京去了。

后来在南京的漫长的日子里，最最给我安慰的就是我所住之处的大门口旁边不远处，有一扇绿色的小门，门很窄，大约只有80公分，小小的门，载着我的乡愁，它抚慰着一个孤独的异乡人的孤独的灵魂，那就是我至今想起来都会倍感温馨的地方——火车票预售处。

到了逢年过节时，这里会排起长长的队伍，我也就是队伍中的一员，等待的焦虑，被回家的幸福击得一败涂地，所以再长的队伍，我也会挤进去的，这时候，一向急性子的我，会变得很有耐心。

曾经许多人都奇怪我的行为，我工作的单位，有行政办公室，可以为大家订各种车票机票，一个电话就能解决问题，票还能送上门来，再说了，后来网络订票也已十分成熟，为什么我偏偏要自己排队去买票呢，很好玩吗？

虽然不很好玩，但是很有意思——对他人来说也许完全没有意义，对我而言，却是心灵深处的一种渴望，一点小小的微弱的甚至是可怜的“神经”需求，就不要被那一点点的小小的“权力”和小小的“便利”剥夺了吧。

记得刚到南京的那些日子，十分地不适应，每天早晨醒来，首先要想一想自己身在何处，等想清楚了这是在一个不是家的家里，顿时心情就变得不那么美好，又何况，起床出门以后，需要面对的是和苏州文化差别蛮大的另一种文化。

那时候有位作家兼书画家的人才画了一幅画送给我，一个背对画面席地而坐的老和尚，老和尚面对一轮红日。看着和尚的光脑袋和那一轮红日，我自然是悟不透的，但是他题了“梦里不知身是客，一晌贪欢”，算是十分符合当时的我的心境和情绪。

好了，不说苏州的小资了。苏州人其实没有那么矫情。

就这样，一个苏州人，成了一个南京客。

南京好啊，南京才大派呢，南京才厚重呢，那可是曾经的帝都啊。

不信你到南京明孝陵那地方去走一走，遇不见皇帝，也能感受到皇气；不信你攀爬339级台阶上中山陵登顶极目，那就是站得高看得远啊。

仅仅说了一两个陵，就拔着南京往高大上去了。

有事情来了，无论事情轻重大小，南京人潇洒地说：“切，多大个事啊。”

这可把苏州人吓坏了，苏州人紧张兮兮地说：“喔哟哟，勿得了哉，豁边哉。”

感觉苏州人就那么地不经事，就那么地懦弱胆小，这等于就是来吹捧我的客乡了。

其实，也不一定哦。

呆在南京的日子长了，我有时候会以为我就是南京人了，和远方的朋友通信的时候，会顺便说一句，欢迎来南京走一走，看一看。等到人家真的来了，说，好吧，找个清静雅致的园林喝茶去吧。

我又以为我还是在苏州呢。在苏州，随便的一个日子里，约两三好友，到街上随便走走，就走到了园林。苏州园林真多，在小巷的深处，在街边的角落，在平常人家的隔壁，园林几乎就是苏州百姓家的窗景、壁画。

我不会说拙政园、留园、沧浪亭这样的名园，我只说我们随便一走就能走到的那些个默默无闻的遍布街巷的小园，耦园、可园、曲园、半园、朴园、柴园、听枫园……喔哟哟，简直如数家珍，当成自家的了。

最小的一个园叫残粒园，140平方米，还不抵现在一个普通人家的公寓面积呢，却有假山，石洞，池水，齐的。到残粒园去坐一坐吧，除了自己，别无他人，真是清谈闲聊的好去处。

可是南京难道没有园林吗，有呀，玄武湖，那可是好大的一个园，计有500多公顷，相当于苏州小园的无数无数倍，两三文人晃荡进去，如同蚂蚁般，要用放大镜才能照出影子来了。

还有白鹭洲，听着就诗意，听着就让人思春怀秋，可那也大呀，那是南京城南一带最大的公园，如果算上紧邻着的夫子庙秦淮风光带，堂皇多少平方公里，差不多抵上一个小城市，恐怕已经不能用“园”来冠名了。

那地方的日人均流量，据说有达到数十万之多。

那弱不禁风的两三文人，又不知被挤到哪个旮旯里去了，什么低吟浅唱，什么风花雪月，休也休也。

不是说南京就没有小园林，但南京毕竟不是以小园著称的嘛。

又说现如今人人健身，许多南京朋友在微信晒出来的步数，一万步，两万步，甚至更多的万步，这许多多到令人恐怖的步子，许多都是在玄武湖周围踏出来的，你若是到苏州小园去散如此大规模的步，采着细小圆滑的鹅卵石，围着小亭子小池子打转，你说那是在健身吗，真心不像。

那么到底是小好呢，还是大好呢。

谁知道呢。

想说的是，大也好，小也好，你适应就好；南也好，北也好，你喜欢就好。

我喜欢的东西挺多，其中那一个“吃”字，硬是少不得的，经常会无端地馋得咽唾沫，在微信的海洋里，我基本上是个躲在阴暗角落里的窥探者，但是只要有吃的东西出现了，我会忍不住冒泡的，至少要用出一个流口水的表情，他们说那个表情是代表“色”，对了呀，就是好“色”嘛，当然，除了“色”，还有“香”还有“味”呢，只可惜表情中没有提供更丰富更多项的选择。

于是又有了双城的比较。

苏州的吃，那个讲究，那个精致，那个什么什么，我都无法说得齐全，记得传说中有一个菜叫绿豆芽嵌鸡丝。要在很细很细的绿豆芽中再嵌入鸡丝，说弄这样的菜是吃饱了撑的，这话在理，有闲阶级嘛，不弄干吗呢。不过其实，苏州即便是寻常百姓的家常便饭，也是很考究的。不像有的地方拿七八十来种的菜放在一个锅子里煮，也不像有的地方拿个馍掰碎了泡汤，就算一顿正餐了，苏州的小老百姓即使炒一个蔬菜，也要炒得油汪汪绿生生，叫人看着就好，别说吃了。至于什么菜该红烧，放酱油再加糖；什么菜该生炒，放盐加味精；什么菜是清蒸的鲜，什么菜是水煮的香，什么菜放粉着腻更入味，都是很有讲究的。

相比之下，南京的日常菜饭，没那么复杂，也没那么讲究。我在南京，有苏州朋友来了，请他们到南京的小饭店一聚，结果相当不满意，说：“这种菜也叫菜吗？”或者说：“你就请我们吃这样的东西吗？”苏州人的嘴巴真是刁，简直让我无地自容，好像我把南京的好东西藏起来没给他们享用似的，其实哪里有呢。南京的吃，就是这一番风格，一个豆腐鱼头汤，做得又咸又浓，不像苏州人的鱼头汤，要用温火熬上多少时间，达到鲜而不腥，清而不淡的境界。有一位领导兼朋友，和我一样，苏州人，到南京工作，一个人吃在南京的食堂，想念那个苏州菜呀，春天的时候她先生托人从苏州稍带来一些时鲜的菜苋，交给单位的食堂，请大师傅做一个清炒菜苋。这菜可是再普通不过了，原材料就是青菜在那个时节长出来的正要开花而未开或者已经开了一点点花的嫩枝。那一整个下午，心情都比往日要欢快得多，终于到了晚饭时，却没有看见馋涎欲滴的菜苋，怎不着急，但见大师傅指着一盆菜说，这就是菜苋。天哪，师傅把嫩枝掐掉了，留下了粗梗，又加入豆腐干，还用淀粉着了腻，一道本应该碧绿生青的鲜美清爽的菜，就整成了一个黑不溜秋的糊糊。

呵呵。无语。

可是南京也有让苏州人赞叹不已的菜，就说一个鸭子吧。盐水鸭，你不承认吗，你苏州菜再怎么精美，你那鸭子就做不出南京鸭子的味儿和范儿。

再往下说，南京人能够把鸭子做得那么好吃，同时又能把面条做得那么难吃，这实在是有本事，实在是让我佩服得五体投地，而又十分地疑惑不解，为什么在南京的菜市场里买的生面，回家去简单地糊弄一下，也能下出一碗有筋骨有温度的好面条，而在南京的任何一家饭店，就从来没有吃出过面的意思，那基本上就是一撮淡而无味的粘牙的糊状物。

是否和南京人的大大咧咧的性格有关呢，做得好就做得好，做不好就做不好，多大个事；好吃就好吃，不好吃就不好吃，多大个事。

南京人真的很潇洒。

南京人不仅潇洒，南京人还散淡。

一般“散淡”这两字，应该用在苏州人身上的，可其实南京人才是真正的散淡呢，我的同事到某处去开展工作，要挂两块牌子，先到一处挂了一块，等到了那第二处，才发现第二块牌子根本就没带上，或者原本是带着的，后来不知搞没了，反正到了那第二现场，该挂牌子了，却没牌可挂，怎么办呢，没事没事，好办好办，这边厢大家先等着歇着，喝喝茶，聊聊天，派人到头一家挂的那里，把那一块先借过来用用，完全可以，无甚大碍，小碍也不碍，工作就这样皆大欢喜地搞定了。多大个事。

但是苏州人碰到这样的事情，肯定很着急，他们慌慌张张地说："喔哟哟，勿得了哉，出大事体哉！"

你看看，其实苏州人才是计较的，苏州人表现出散淡，小扇子一摇，小茶壶一捧，他们骨子里却是执着而较真的。

苏州人的散淡只是外在的表现吧，或者说，该散淡的时候散淡，不该散淡的时候决不散淡？

苏州和南京，有的说头呢，可苏州人是认真的，规定写多少字就写多少字，不得逾越；而南京人呢，是散淡的，写了这么多，大差不差了，可以交差了——瞧瞧，我是不是把苏州人和南京人结合起来了。

我的在两个城市间一并展开的生活和工作，8年呵，似乎那么地漫长，又似乎眨眼就过去了，往来穿梭于苏州和南京两座城市之间，那种匆匆忙忙赶火车的利索的形象，那种高速公路呼啸而过的潇洒的气派，可像个朝气蓬勃的女汉子？嘿嘿，只是时间的风霜雪雨，人生的刀剑棍棒，早已将朝气毫不留情地磨成了"嘿嘿"，蓬的是头还有垢的面，勃勃的生机也在时空的穿梭中迅速远去，不知不觉，老，它老人家已经来了。

来就来吧，没什么好计较的，至少我用这8年的时间，积累了对两座城市的热爱，沉淀了对两座城市的感情，还比较了两座城市的某些差别，还知道了两座城市的某些秘密——总之，最后要坦白的是，我这篇文章的题目，是从我的一个短篇小说的题目中改造过来的，那个小说叫《南来北往谁是客》，这篇文章改为《南来北往都是客》。

苏州人，南京人，都是这个世界的客人呵。

唯见长江天际流

小时候住在一座古老的小城里，也曾经听说过长江，以为是很遥远很古老的故事，与自己是没有什么关系、也不会有什么关系的，更没有什么想象的能力和虚构的本事，即使知道世界上有一条江，叫长江，也无法在自己的心里或脑海里构画出它的形象和模样，于是长江就这样从一个小孩子的一个耳朵里穿进去，又从另一个耳朵穿出来，流走了。

长到少年的时候，跟着家里的大人从城市来到了农村，这农村倒是个水网地区，湖荡沟渠遍布，水很多，不过那不是长江水，是江南的水，是江南的细细小小的水，是江南的青山绿水的水，所以，在江南农村的那些年里，虽然是被水浸润着的，虽然是被水抚育了的，但却仍然与长江无缘，与长江仍然相隔两茫茫。

然后长大，进入大学的中文系，忽然就在眼前打开了一个全新的世界，在图书馆在阅览室，我认识了长江，唐诗中的那些写长江的诗句，总是令人心动不已，吟诵不止。“孤帆远影碧空净，惟见长江天际流”；“两岸猿声啼不住，轻舟已过万重山”……我终于可以插上想象的翅膀，在文学的天空翱翔，去了解长江，去亲近长江，长江与我，不再是陌生的了。

但是，这毕竟还只是纸上的长江，诗中的长江，古人笔下的长江，自己与长江，还未曾谋面，还没有机会亲密接触，零距离相遇。

别急别急，无缘对面不相识，有缘千里来相会。这一天终究还是来临了。我与长江的结识，缘于一个小伙子，这个小伙子是正宗的长江北边的人，我在大学的篮球场上，看到他的身影，后来就谈恋爱了，当然是地下的，再后来，我就跟着他回家了。

那时候我对江北一点地理概念和方向感都没有，因此头一次去婆家就给了我一个大大的下马威，从前李白乘个小舟便能“千里江陵一日还”，我们坐了四个大轮子的长途汽车，清晨五点出发，一直开到下午六点才到盐城，直坐得两腿发麻，两眼发直。

记得那是一个非常寒冷的冬天，我头一次见到了长江。说来惭愧，那一年我已经27岁了，但是革命不分早晚，认识长江也一样不分先后，27岁的时候，我和江北的小伙子，坐在肮脏破旧的长途汽车上，汽车开到江边的渡口，停下来，大家下车，空了身子的汽车开上停在江边的渡船，下了车的乘客，再逐一步行上船，混浊的江水就在脚下，滔滔的波浪拍打着渡轮，水花一直浅到甲板上。

这个摆渡口，在长江的江阴段，是我们的必经之路。走在这条路上，不由得思绪就翻腾起来，想起电影《渡江侦察记》里国民党情报处长的“经典”台词：“报告军座，像这样坚强立体的防线，如果共军没有飞机和登陆艇配合作战，那是很难突破这长江天堑的……”话音未落，解放军的“经不起一发炮弹的木帆船”就冲过来，就在这地方，百万雄师过大江了。

上了船，虽然很冷，甚至有江水泼洒过来，我却没有像其他乘客一样急急地躲到车上去，毕竟，这是我头一次见到长江呀。

生于江南、长于江南、习惯了江南和风细雨的我，确确实实被这个长江震撼了，甚至震惊了，这尚且是一个风浪不大的冬天，江水便已是如此的雄壮而粗犷，如果碰上雨季风季，这个长江又会是怎么个样子呢？

那样的样子，有一回终于是给我赶上了。那是几年以后了，我们已经从地下转为地上，从恋人成了夫妻，却是一对两地分居的夫妻。于是，寒暑假里，逢年节时，你来我往，奔波于江北江南。一个深秋的日子，我在婆家住了几天后，独自一人回苏州，一上路就已是风雨交加，车到江边时，一眼望出去，真是长江滚滚向东方，那滚滚之势，让那样巨大的渡轮可怜得就像一叶小舟在风雨中飘摇。我们停在岸边等候渡船，渡船却在江上遭遇了危险，巨大的浪把船板打断，一辆停在船尾的汽车，差一点滑进江里。经这一惊吓后，有关部门立刻通知封江。这是我头一次听到封江这个名词，以后也再没有碰上过。封江了，所有的汽车都停在江边，排起了长得望不到底的车队。大伙儿似乎也不怎么着急，也没有见谁慌慌张张，到处打探的，不像现在，一碰上堵车，哪怕一个小小的堵车，大家都会烦躁不安，跳起脚来，到底时代不同了，速度也不同了，情绪也不同了。虽然大家很泰然，我心里却很不安然，长江南边，父母亲等着我早早归去，长江北边，丈夫也等着我到家后跟他联系，我却两头不着落地停在了江边。一急之下，便顶着风雨，下车去探听消息，可是除了风雨，哪里有什么消息，是呀，谁又能知道这风雨什么时候才肯停息呢。

结果倒是挑了江边的小食店，生意大好。我又冷又饿，又惊又慌，赶紧躲进一家小店，想喝点热水，却连茶杯也没有，借了一个碗，买了一碗热水，哆哆嗦嗦刚端上，还没送到嘴边，一阵狂风过来，打起了门帘，门帘又打着了我的手，碗就从我的手里摔出去，打到地上，碗碎了，水泼了，那卖水的妇女皱着眉头朝我看了看，又拿出一个碗来给我，倒上热水，可我竟然又犯了一个完全相同的错误，第二次将碗打碎了，将水泼光了。那妇女也急了，指着我连连说，你这个人，你这个人，你这个人。我没有听到她后面说了什么，她可能也确实没有再说什么，在这样的时候，出现这样的情况，用“你这个人”四个字也就足够了。当然，最后我还是喝到了热水，也吃到了东西，吃的什么虽然忘了，但毕竟没有饿着自己。我虽然打碎了那妇女两个碗，但她还是给“你这个人”提供了喝的和吃的。我早已经忘记了她的模样，但我知道她是一个住在长江边的妇女。

封江一直封到第二天早晨。这一夜，乘客们在车上坐了一夜，车外风声雨声，车上大家却很安静，该睡的睡，该闭目养神的闭目养神，也有人细声交谈，我的烦乱的心情渐渐平静下来，最后就坐在座位上睡着了。

醒来的时候，风雨停了，渡轮也开始工作了，我们的汽车上了渡船，汽笛长鸣，朝着江南去了。

这真是我住长江南，君住长江北，日日思君不见君，隔着长江水。好在过了不算太长的时间，我们就结束了两地分居史。但我的公公婆婆仍然住在江北，所以，我们仍然是要过长江的，每年至少一次。在我儿子出生的当年，还未满周岁，就跟着我们一起横渡长江了。

和长江的交往，就是从这里开始的。后来与长江的联系，就渐渐地多起来了。记得在我留校工作后不久，来南京某高校参加教材修订工作，第一次看到了南京长江大桥，在雄伟的桥头堡那里留下了一张黑白照片，如今那照片已经发了黄，但还在我的相册里坚守着时光呢。

再后来，有一段时间，和江苏的几位作家同行，经常出去参加采风活动和各种笔会，常常乘坐江轮在长江上来来往往，打牌的打牌，聊天的聊天，观景的观景。当我们在长江上飘来飘去的时候，北京的作家朋友总是在天上飞来飞去，千里江陵，一个时辰就往返了，所以我们还被他们嘲夸为“饱览长江景色”。又记得一次，从重庆上的船，好像要坐好几天，都为船上糟糕的伙食发愁，叶兆言变戏法似的拿出几包方便面，大公无私地贡献给我一包，说，这个咸菜方便面，你肯定喜欢。何止是喜欢，弄热水一泡，一股鲜香扑鼻而来，简直馋煞了我。那可是我吃到过的最美味的方便面。

在长江上一走就是好几天，现在回忆起来，似乎从来没有什么情绪焦虑，心绪烦躁之类，也没有迫不及待火烧火燎的感觉，慢慢走，慢慢看，慢慢享受。只是不知道现在的人怎么了，一旦出门在外，总是急急地要返回去，恨不得就是早出晚归了，凡在外面住了一两晚以上的，就肯定归心似箭要逃走了，是家里有什么急事吗，不是，是外面的条件不够好、风景不够美吗，不是，是工作实在太忙离不开你吗，更不是。那到底是什么呢？是速度。

几乎是一夜之间，我们的速度就上来了，裹挟着时代的狂风，携带着世界的信息，领着我们急急匆匆往前赶。现代化了，现实快速度的条件越来越多越来越好，就说这长江上的桥，过去我只听说过武汉长江大桥和南京长江大桥，而现在仅江苏境内，大概至少也有七八座大桥，马上江底的隧道也要贯通了，有专家预测，到2010年，长江上的大桥将达到60多座。这真是一个惊人的数字。桥意味着什么，意味着一个字：快。快了，就方便，就简捷，就直接，省时省力，这是改革开放经济建设给人民带来的实实在在的好处。

现在再从江南到江北，从苏州去盐城，只需一个多小时，过长江有几座桥可以任意走，高速连着高速，大路通坦，但是去盐城的次数反而少了，觉得太近了，太方便了，随时可以去。结果，这个“随时”往往就变得不随时了。速度解决了我过长江的难题，但是我却再也找不到那个冲着我皱眉，连说几遍“你这个人”的妇女，喝不到她倒给我的热水了，也不再有机会馋着嘴讨吃叶兆言的咸菜方便面了。

就像对于今天的快捷便利生活，人人赞叹，个个感慨，可人们却又开始怀想起那慢的和不甚方便的时代了。想起从前一个人站在江边等候渡船时的心情，在渡船上摇摇晃晃跨越长江的心情，经过长途颠簸劳顿终于到达目的地的幸福感，成就感，似乎都在速度中消解了。速度让我们方便，同时也让我们变得急切，变得惶惶不可终日，变得沉不住气。速度是我们所渴望所需求所追求的，也是现代社会所必需的，现在在生活中，我们每天都看到很多的抱怨，都是因为慢而产生的，无论在什么地方，无论干什么，只要速度稍稍慢了一点，立刻抱怨声四起。

还好，今天我们能够在快快的生活节奏中，慢慢地回忆一些慢慢的故事，比如，回忆一些与长江有关的故事，这真是一件十分美好的事情。

一切都加快了，只有长江的流水，一如既往。比起人类来，长江似乎更有定性一些，它总是按照自己的节奏和规律，向着东方行走，既不更快也不更慢。

这真是唯见长江天际流啊。

回家去

一个人一辈子会有好几个家，尤其是一些经历坎坷的人，人生几十年，呆过的地方竟有七八个，甚至更多。常常在一个地方呆了一阵子，人生中的许多重要事件在那里发生，个人的感情也投在了那里，心底里就会觉得，那就是“家”。所以有的人会有许多故乡，第二故乡，第三故乡，甚至更多。但如果要叫他说对哪个故乡感情更深，却不一定说得清楚，比较不出来，因为这地方有这地方的特色，那地方有那地方的重点，不好厚此薄彼。

如果从另一个角度看，比较正宗的家通常有两个，一个是人小的时候，与父母兄弟姐妹住的那个地方，或者加上爷爷奶奶辈的老人，那个房子，就是家，也就是歌里唱的“常回家看看”的那个家；然后，一个人长大了，成立了自己的家庭，与自己的配偶孩子生活在一起的，那也是家。这两种家的概念，与地域无关，与历史也无关，只与人物有关、与家庭的人物关系有关，所以，如果是站在这样的角度，那么，无论你一辈子曾经走过多少地方，搬过多少次家，真正意义上的家却只有两个。

只是，通常在大家的心里，还会有第三个家，除了父母亲的家和自己的家，还有一个家叫“老家”。老家也可能就是你父母亲的家，就是你小时候住过的家，但也许不是。也许别说是你，连你的父母亲都没有在那里呆过。在后来的一些岁月里，你也许找到机会回过老家，也许没有，甚至因为许多年的大变动大变迁，使有些人连自己老家在哪里都不知道了。但是，无论老家对于你是遥远的还是近切的，也无论你对于老家是熟悉的还是陌生的，老家始终沉在你的心底深处，它会不时地泛起一些涟漪，让你平静的心变得不平静，让你的思绪向着那个地方飞翔而去。

比如我，从小在苏州长大，苏州当然是我的家乡，但到了十三四岁的时候，跟着父母下放到农村，在江浙交界的某个村落里，离茅盾的故乡乌镇不远，在那里我从一个女孩长成一个女青年，学会了插秧割稻犁田挑担，也体会到艰苦和朴素，它应当算是我的第二故乡。从第二故乡出来后，我又有了第三故乡，那是我在县中高中毕业后，又独自去插队的地方，是江苏吴江县的湖滨公社红旗大队，有一片水面，叫庞山湖。虽然这个公社现在已经没有了，但在我心里，那也是我永远的故乡。20多年后，庞山湖的一位农民企业家陈金根在那里建起一座静思园。有一天我在静思园碰到陈金根，聊了当年的事情，陈金根说，我老婆就是红旗大队的人呀。

另外还有一些地方，呆的时间并不长，比如有一个叫震泽的小镇，我在那里念过一年高中，后来我也有机会重新回去看看，在我的一些小说中和散文中，它们也经常出现，我的一些小说作品，像《杨湾故事》《洗衣歌》《片段》等，都是以震泽中学为背景的。甚至包括我出生的上海松江县，虽然记忆中没有留一点点印象。但那个学校，松江三中，我父母结婚和生我的地方，我也回去过。那是在相隔了整整40年以后，由我母亲当年的一个学生带我去的。我们家从松江搬到苏州后，住在苏州五卅路，有一天大学生徐惠德从这里经过，就听到了我外婆的声音。一个外地来的大学生，在一个陌生的地方，突然听到了熟悉的声音，像找到了亲人一样高兴。徐惠德虽然不是南通人，但我外婆的南通话，对他来说，竟是那么亲切。他和许多同学都很想念我母亲，我母亲走后，他们失去了联系，猜想可能一辈子也见不到了。可是，突然间断了的线索又突然地续上了。大学生徐惠德带我到他们的学校去玩，20年后，我也进入了这所大学，徐惠德已经是大学的领导，我叫他徐老师。人生真是变幻莫测，又过了一些年，徐老师带我来到松江三中参加我母亲工作过的学校的校庆。不然我将永远不知道我出生在哪里。当年的房子已经不在了，但是地方还在，感觉还在，我看到一排平房，看到母亲坐在家门口，我父亲正在门前的球场上打球。我去松江三中的时候，我母亲已经去世多年。

我曾经呆过的一些地方，我的好几个“故乡”，许多处“家”，我都回去过，但是有一个家却始终没有去过，那就是我的老家，真正意义上的“老家”，我父亲出生的地方，我爷爷奶奶生活的地方。许多年来，我只知道在这块大地上有个范家庄，但是我的脑海里勾勒不出范家庄的模样。

我从来没有见过我的爷爷和奶奶，在我出生的时候，他们都已经不在人世间，从我父亲那里，也较少得到关于爷爷奶奶的一些事情，因为我父亲也是个少见的糊涂人，有一阵子，他甚至连自己的母亲的名字都给忘了，后来过了些日子，不知怎么又想起来了。也可能因为很小的时候，他就从家里出来了，他的家乡留给他的印象，是零碎的，一些片段，是不连贯不完整的。

尽管如此，尽管对于我的老家对于我的爷爷奶奶不甚了解，但是我的生命是从他们那里开始延续出来的，我的血液里流淌着他们的因子，这是无可改变的事实。

我知道范家庄在江苏省的南通，在南通乡间的某个角落。南通离苏州并不遥远，现在交通好了，就更方便了，苏州到南通，只需两个小时多一点。就这么一点距离，难道这么多年里就没有能忙里偷闲跑一趟？抓紧一点，当天打个来回都来得及，但偏偏就一直没有抽这么一点点时间出来。一直到今年初夏，南通的一家少儿文学刊物《绿洲》邀我去南通的几个乡镇的小学讲课，第一站到的就是我的老家通州刘桥镇。

走在老家乡间的小路上，一路打听“范家庄”，打听我父亲仅记得的几个亲戚的名字，但一路上的乡亲们，有人知道，有人不知道，有人说在这里，有人说在那里，我并不慌张，我知道肯定有范家庄，因为没有范家庄就没有我，我走在路上，这条路一定是通往范家庄的，它也许比较弯曲，也许比较狭小，但它是一条路。

见到范招荣的一瞬间，我忽然觉得她的脸我很熟悉，她是我父亲的堂妹，70多岁，我肯定没有见过她，在父亲提供给我的几个亲戚的名字中也没有她，但我又确确实实地觉得自己是认识她的。后来同行的人跟我说，你们长得太像了。我有些恍悟，也有些恍惚，我是看到了未来的自己？

与生俱来的亲热从心底里升起来，弥漫开来，我不知道怎么表达自己对老家亲人的感受，唯一的办法，就是掏了一点钱出来，可是范招荣和她的儿媳妇两人一起拼命拒绝，三个人推推让让，我扔下钱就走，她们抓起钱又追上来，三番几次，最后范招荣说，你要是留下了钱，我心里会难过的。就这一句话，打动了我，最后我收起了钱，留下一张名片，走了。

在我的另一个堂姑妈范玉珍家的后面，我父亲出生时的屋子还在，很旧了，也没有人住，里边有一张床和一只马桶，是我奶奶当年用的。这房子和父亲的回忆也对不上号，父亲总是说，他家的房子是沿街的店面房，但是那个地方没有街，怎么谈得上沿街和店面呢？是我父亲记忆错误，还是范家庄的面貌发生了较大的改变？这件事情以及还有许许多多曾经发生在老家的故事，我都没有来得及向我的堂姑妈打听，我不知道以后还有没有机会再去老家坐一坐，聊一聊。我父亲嫡亲的兄弟姐妹有七八个，先先后后都走了，现在只剩下住在杭州的我叔叔。

我去过老家后，大约过了半个月，忽然收到一个短信，说，阿姨你好，我是范炳均的儿子，范炳生是我的伯父。我父亲和我伯父让我到苏州来看看你们，我明天来苏州。你名片上的地址嘉宝花园是办公室还是家庭地址？我回短信告诉他，嘉宝花园是我家的地址。第二天下晚的时候，他的短信又来了，说，阿姨，我现在在苏州汽车南站，本来想去看你的，但是天要下大雨了，我要赶回南通去，下次再来吧。那时候雷声隆隆，大雨将至，他回南通去了。他在几次的短信中都没有提及自己叫什么，所以我不知道他叫什么名字，但我知道他是我的一个亲人，一个来自老家的亲人。我在我的电话本上记下了他的手机号码，姓名栏里，写的是："范炳均儿子"。

江海之间一濠河

那一个夜晚，我站在南通濠河岸边，濠河沿岸的熠灿灯火，照亮和拉动了我的情思，那一瞬间，我的念想，已经穿越大半个世纪而去。

许多年前的某一天。春天，或者，秋天，那一天我的父亲，一个年轻英俊的白面书生，怀揣着一颗跃动的心，从他的家乡，南州英雄乡范家庄走了出来，他一直往前走呀，走呀，终于走到了南通市中心的一个名叫中学堂街的地方，走到了这条街上的一座老宅面前。

站在这座陌生的却似乎又是十分亲切的老宅门口，我的年轻的父亲有了什么预感吗？

这是我母亲的家。一座普普通通的老宅，三开间的朝南大屋，加一个院子，院子里有一间朝北的厢房。因为家庭生活的日渐困难，那时候朝北的厢房，被我的外公出租了，收一点房租补贴家用。

租我母亲家厢房的，是我父亲的一个亲戚。于是，我父亲这一步踏进去，就踏出了人生的命运的一条必然之路。那时候的我母亲，南通女子师范的高才生，作文好得老师都不知道怎么打分，她曾经不费吹灰之力替我舅舅胡乱敷衍了一篇小文，结果老师给了三颗星。母亲自己编印的文学小册子曾经到处流传，那时候至于母亲走在路上，常常有人在背后喊："手帕掉了。"呵呵，母亲回头一笑。

这就是我的南通的父亲母亲。从英雄乡到中学堂街，就是我的乡愁。

这一段既长又短、既遥远又近切的路程，就是我的故乡。我没有出生在故乡，我也不是在故乡长大的，但是我有故乡。

许多年后的某一天，我回到故乡，我到了英雄乡，找到了父亲的祖屋，那么低矮的一座旧破的老房子，曾经在父亲口中是那么地辉煌，同样破旧的门还上着锁，锁早就锈成一堆废铁了，窗户也洞开着，或者说，根本就没有窗户，只有几个墙洞，我透过它们朝里边张望，我看到了时间。我也知道了，时间是能够改变一切的。在中学堂街的我母亲的老家，我看到的同样是被时间改变了的一切。

我走进隔壁我堂舅家，我看到堂舅家有一块石碑，堂舅告诉我，这是在冯氏的祖坟上得来的。石碑上刻着：

冯氏西宗

十八代哲庐

燕京大学地理系教授

冯哲庐是我外公的父亲。

这一瞬间，我穿越了，或者说，时间又回来了。

在我和父母共同生活的几十年里，父母亲几乎从未回过南通，但是他们无数无数次地谈到南通，谈过故乡的种种，只是不知为什么，在我的记忆中，他们好像没有说到过濠河，也或者，是他们曾经提及，只因我对濠河没有什么了解，没有什么感情，所以濠河就这么和我擦肩而过了？

但是生活和命运，却让我在许多年后的某一天，与曾经擦肩而过的濠河相遇了。

现在，我就站在濠河这里，我听它轻浪拍岸，我听它的呼吸声，我听它低吟浅唱，这条已经有了一千多年历史的护城河，如今焕发出了崭新的姿态，绽放出生命的新气象。

我们登船游赏。说实在的，现在许多城市，都有登船夜游的节目，只是今夜有所不同，今夜我所游之河，是我的乡愁之河，是我的情之所系。

其实，很快我就知道，不仅仅是因为乡愁，不仅仅是因为个人的情感因素，濠河的独特，濠河的豪迈和濠河的精致，很快就让我们惊叹不已，赞叹不止。我并不太了解，从过去到现在，有没有留下多少关于濠河的赞美之辞，如同扬州的瘦西湖，如同苏州的太湖那样，但有与没有，并不重要，重要的是现在在我们身边行走着流淌着的濠河，它是那么的奇特和与众不同，它是那么的变幻莫测，它是那么的令人难以捉摸。

全长10公里的濠河，最奇特的就是它的水面宽窄相差之大，最宽处有250米，那真是一条大河波浪宽，最窄处仅有10米，那则是小河之水静静流，真所谓迂回曲折，真所谓忽浩大忽精细，真所谓错落有致，宽窄自如。

于是，我们已经知道了，濠河是一条潇洒之河、开放之河，它无拘无束，它有着无法之法，它自由自在，但是，你不得不承认，它是一条令你心动的、即便你走遍世界，也不多得见的特殊的河流。

与此同时，濠河又不是孤立的，作为一条环城河，它自然有自己的流向和走动，它又是丰富的、有故事有内涵的，凡濠河流水历经的沿岸，不是一览无余，也不是光靠几棵树数丛花组成的沿岸风景，濠河的沿岸，处处是经典，处处有传说，博物苑，文峰塔，纺织大观园，天宁寺，光孝塔……历史就在岸边，文脉源远流长，名胜遍布河岸。

如果濠河是一本书，这就是一本读不厌，读不完的书，因为它是有层次的，是层出不穷的，它可以展开无数的故事的篇章，它可以让我们想象的翅膀飞向无限。

如果濠河是一条奇异多姿的宝带，在它的四周，又散落着无数的宝贝，琳琅满目，遍地玑珠，濠河以水作绸带，把这许多散落的珍珠串成了一体，濠河似一条沉甸甸的缀满着珍宝的彩链就这样铺洒在南通的大地上。

我为我故乡的濠河骄傲，但我也奇怪，一条普普通通的护城河、存在了上千年的老河道，为何能在今天散发出如此灿烂的全新的能量？

且让我们把眼光放开来，放开去，我们身在濠河，放眼四望，濠河之南，即是长江，长江就在濠河的身边，滔滔江水之声，和濠河的波声融成了同一首交响曲；望东看，那是黄海，汹涌的波涛，拍打着濠河脚下的大地，传递着豪迈的情感和力量，在江与海的交汇之处，我们的濠河，酝酿于江海之中，得益于江海的滋润，它既继承了长江的高贵品格，又收受着大海的无私的孕育，它是江海交集的结晶，是江海文化的具体呈现。

江海文化，就是一个意思：开放；江海文化，就是一种感觉：包容；江海文化，甚至就是一次相遇：是过往的日子和今天的相遇，是时间和空间的相遇，是细致和豪放的相遇，是低调和进取的相遇，是精神和物质的相遇。

于是，我们今天看到的濠河，它是富丽豪华的，它是具有豪气的，它是无比豪迈的，同时，它又给我们呈现出它的另一面，它是细腻的，它是精心设计的，它是独具匠心的。

这是濠河的双重的形象，生发于江海文化中的濠河的性格，就是南通的性格，就是南通人的性格，就是南通文化的最具体最充分的体现。

濠河，我的父亲河，我的母亲河，让我这个南通籍的游子，永远地心系于此，永远地梦回萦绕。

现在，天色已晚，我们启船登岸，回到住宿之处，从宾馆服务员那里，听到了久违的亲切的南通乡音，这个晚上，我就这样枕着濠河的波声和南通的乡音入睡了。

又见背影

最早读朱自清先生的《背影》是在哪一年，已经记不得了。小学四年级开始就不怎么读书了，70年代初的初中或高中课本里有没有《背影》，我也无法说得出来。能够肯定和确定的，是在大学中文系念书的时候，是必定知道《背影》的。不仅是知道，还一定是读过、背诵过、研究过，做过作业，交过学习心得。只是，那个时候读《背影》，是因为功课，作为在校必修的内容，少一些切肤之痛，少一些深及心灵的触动。

我一直都没有学会骑自行车。小的时候，年轻的时候，也曾努力学习过，练习过，但始终不能骑车。大学毕业参加工作，单位离家远，上下班很不方便，不得不骑车了，那是硬着头皮骑上去的。每天在大街小巷歪歪扭扭，跌跌撞撞，不是撞了别人，就是跌了自己，最后以摔到脑震荡住院为止，与自行车彻底告别。

以后上下班就只能坐公共汽车，虽然途中要转一次车，但好歹总是能够抵达的。只是有的时候，不得不要出门办事，却偏偏道上没有公共汽车可以乘坐、转换和抵达的，那就为难煞人了。

记得20世纪80年代中期的某一天，外地来了两位文学编辑，那正是我刚刚走上写作道路，非常急于求成的时候，和几位同样爱好文学的大学同学相约了晚上去看望编辑老师。

从我家到老师住的旅馆，无车可乘，父亲就用自行车载着我，颠簸在大街小巷，穿过半个苏州城，将我送到那里，然后约定在多少时间后再来接我回家。他就骑车先回去了。

那一刻，在黑夜里，我也许回望了一下父亲的背影，但我心里并没有感伤，甚至没有感动。

可是这一幕情形被我的一位同学看到了，他感叹说，如此爱女儿的父亲，抵得了朱自清的《背影》。

那一年，我已近30岁了，我父亲也五十大几快六十了。

今天，在我父亲去世近两年的日子里，我写朱自清的文章，不由自主地想起这件事情，想起那个晚上，想起朱自清的背影和我父亲的背影，百感交集，背影浮现在我眼前和心头，久久不曾离去。

一部文学作品，无论长短，在经历了沧海桑田历史演变，在经历了风雨砥砺时光耗磨，在被无数的读者读过传诵过以后，又在无数的新作品充斥的环境中，还能够时时处处引起人的深切的同感，还能在人的心里掀起情感的涟漪，这是巨大的精神力量，这是不可磨灭的人性的魅力，这是文字留给我们的永远的财富。

这就是朱自清的《背影》。

“父亲因为事忙，本已说定不送我，叫旅馆里一个熟识的茶房陪我同去。他再三嘱咐茶房，甚是仔细。但他终于不放心，怕茶房不妥帖；颇踌躇了一会。其实我那年已20岁，北京已来往过两三次，是没有甚么要紧的了。他踌躇了一会，终于决定还是自己送我去。我两三回劝他不必去；他只说，‘不要紧，他们去不好！’”

1974年冬天，我下乡插队，父亲送我；1977年高考后的那个冬天，我离开农村，父亲去接我；1978年初入大学，父亲又去送我学校；1982年初大学毕业，父亲用自行车载着我的行李，接我回家，许多年来，就是这样接了又送，送了又接。父亲是个工作非常认真的人，还独自一人照顾长年病重的母亲，但是在我需要、甚至不十分需要他的时候，他都会出现，他都会来。

我的父亲的背影，是瘦瘦的，动作敏捷、干练，一直到他六七十岁，他上下自行车的样子，还像个小伙子，和朱自清

《背影》中描写父亲时用的那些词“蹒跚”“慢慢”“肥胖的身子”“显出努力的样子”不一样。但是，他们其实又是一样的，是一样的把全部的爱给了子女的好父亲。

随着年龄的增长，随着对自己的父亲的越来越多的感悟和理解，《背影》也就越来越深入地走进我们的精神空间，我们会越来越深入地理解朱自清的情感世界，也越来越相信《背影》留给一代又一代后人的永久的力量。

2009年年初，春天还没有来临，父亲永远地离我而去了，但也和朱自清的《背影》一样，永远地留在我的心头，永远不会离去。今天，当我又一次读了《背影》，我泪流满面。“我与父亲不相见已二年余了，我最不能忘记的是他的背影。”父亲离开我们已经二年余了，但是我从没感觉父亲走了，每每从南京辛苦工作后身心疲惫回到苏州的家，第一件事情就是推开父亲房间的门，仔细端详父亲的照片，然后我和父亲说话，告诉他一些事情，给他泡一杯茶，给他加一点酒。下次回来的时候，酒杯里的酒少了，我知道父亲回来喝过了，我再给满上一点。

“在晶莹的泪光中，又看见那肥胖的，青布棉袍，黑布马褂的背影。”

思想的湖

那时候大寨人硬是把山劈开来，造成田，种上粮食，这是奇迹，是神话，这个神话惊天地泣鬼神，所以全国人民都向他们学习，把本来不是田的地方变成田。我那时候插队在太湖地区，赶上了围湖造田以及许许多多大大小小的水利工程，这些工程，虽各有不同，但大方向是一致的，就是把流淌了千百年的河道填了，又挖，挖了，又填，总之一句话，要多种水稻，多打粮食，折腾得人欢马叫。现在还能从我当年的日记里看到“战斗在工地上”的许多事情。我在日记中写道：“1974年的最后一天，上午雨大风狂，我和贫下中农一起坚持战斗在工地上。真是暴风雨更增添战斗豪情，雨越大，我们干得越起劲，雨水汗水浸透了我们的衣服，也浸甜了我们的心坎。”

那时候的水乡农村，每到冬春季节，到处都是工地，每个生产队，都要派出青壮劳力上工地填湖填河，红旗一插，就干起来，晚上睡的是统铺，一间大草棚，男男女女都住在里边。上级领导再三强调围湖造田的伟大意义，我们干活时也许没有想那么多的意义，只知道是要干活的，只知道湖是要填起来的，因为填了湖，湖就变成了田，明年它就长出粮食来了，多好，手中有粮，心中不慌，那时候都是这样想的，就算是思想了。

后来思想有了变化，不讲粮食有多么重要了，讲经济发展的重要，讲多种经营的重要，但仍然是要拿湖作本钱的，仍然对着湖下手，围湖开窑，围湖养鱼，围湖做其他许多事情，总之是拿湖不当湖。因为湖在那里，那么的大，它又不会说话，又不会发脾气，你要拿它干什么，你干就是了。大家的钱包渐渐地鼓了起来，欢欣鼓舞，说，改革了，开放了，我们的思想解放了，我们的收入增加了，真是靠山吃山靠水吃水。

又后来，无工不富的进步思想又来了，湖边林立起许多工厂，化工厂、造纸厂、皮革厂，什么赚钱造什么，靠湖吃湖，吃进去的是干净的湖水，吐出来的是有毒的污泥浊水，这中间当然还有另外一个口子，从那个口子里出去的，是令人振奋的经济增长的数字。

再又后来，钱好像越来越多，就更有条件讲究以人为本，重视人居环境。住城里的高楼大厦已不过瘾，嫌闷，什么地方最适合人居呢？当然是湖光山色之间，于是湖边就有了别墅，有临湖小区望湖花园等，听到人们骄傲地说，我家就在湖边上住。

湖就是这样在人的思想和行动中默默地承受着。湖真的不会说话吗？湖早已经在说话了，湖一直在发脾气，只是我们听不见，看不到，我们的耳朵被堵塞了，我们的眼睛也被遮蔽了，何止是耳眼鼻舌，我们的心灵又到哪里去了？人真的很会思想，人一有了思想，湖就痛苦，湖痛苦的时候，就是人骄傲的时候。当我们骄傲湖为我用，我们听到了湖的思想吗？

许多年以后，我早已经离开了农村，但我知道，现在大家开始把填了的湖重新挖出来，把鱼虾蟹们请出去，把工厂关闭了，把豪华的住宅请到离湖一公里以外的地方，你就远远地眺望吧，你太近了，湖都害怕。可无论如何，退耕退窑退渔退什么都好，湖已经不是原来的湖了，专家说，要治理太湖，让它的水质回到五六十年代的水准，所需的投入，全国人民再咬牙干三个五个改革开放20年都不够用。

我们曾经那么地热爱劳动，劳动还甜了我们的心坎，我们却没有想到我们的劳动不是创造却是一种残酷的破坏，我们曾经因为创造了财富而感谢我们的好山好水，当有一天我们发现山水已经不那么美好的时候，我们目瞪口呆，赶紧把挣回去的钱拿出来，再去换回本来的好山好水。这样我们又可以骄傲了，我们付出代价获得进步，我们把生态平衡挂在嘴上天天说，我们不再围湖造田，也不再围湖养鱼，瞧，我们的思想境界又提高了。但是，我们今天所做的一切，仍然是为了我们的思想，我们眼中，仍然没有湖。

不能以湖为本，哪来的以人为本？不能以地球为本，生活在地球上的人，又有什么资格和条件谈人谈本？今天我们又努力了，但不知哪一天，很可能又来一次更努力地退什么还什么，因为我们永远只思想着我们的思想，我们从来没有替湖想一想，我们不知道湖在想什么。

什么时候，人的思想能够和湖的思想走到一起去呢？

人 生

除夕，天色将晚的时候，我在一个小小的菜市场转转。

天色阴沉沉，卖菜的已经零零落落，买菜的人也越来越少，大家都已经将该买的东西买妥，现在正热气腾腾地做菜，或者，也有越来越多的人家，自己也不动手了，合家老少，上馆子去，也已是正常现象，不以为奇，所以在除夕的这时候，菜市场不再热闹了，大家都回家了。

走着，看看，心里忽忽悠悠的，像是自己也有了些飘零的感觉。

走过卖葱姜的小摊，再走过卖鱼的摊，看到一位老人坐在小矮凳上，脚跟前摊着一张报纸，报纸上压着一只铜牛。

铜牛不很大，制作得很精致，半卧着，牛背上有小牧童，小小的孩子背着个大大的斗笠，生动，感人，小孩和牛都静静的，和老人一样。

我问老人："这是什么？"

老人说："这是铜牛。"

旁边有人说："你听他，哪里是铜的。"

我并不想买铜牛。

我看看老人，老人对这话无动于衷，他只是静静地坐在除夕的寒冷里，目光平平淡淡。我不知道这只铜牛是不是老人自己制作的，或者是从别的地方买来，也或者，是家传的，我想，这都无所谓，让我的心灵有所动的，是这样的一幅情景：除夕，黄昏，老人，铜牛……

我问老人："你的铜牛卖多少钱？"

"五十。"老人说。

"不值。"旁边的人又说。

老人仍然没有说话，没有说他的铜牛值五十或者不值五十。

我在老人身边站立了一会，我看着他的铜牛，我想说说话，但我不知道自己想说什么，也许我是觉得老人没有必要在寒冷孤寂的除夕傍晚坐在冷落的菜市场卖铜牛，犹豫了一会，我说："要吃年夜饭了。"

老人好像笑了一下，但他仍然不说话。

后来，隔壁卖鱼的老板兴奋起来，来了一辆车，停了，下来几个匆匆忙忙的人，要鱼，看起来也是忙人，到一年的最后一天的下晚，才有一点点时间给家里买鱼，再忙，鱼总是要买的，年年有鱼（余），虽然时代进步到现在，但是中国的老百姓仍然有很多人喜欢传统，忘不了传统。

卖鱼的老板在兴奋的时候，没有忘记将鱼价再抬一抬，这是一年中的最后一次机会，很难得，买鱼的人虽然忙中偷闲挤出时间来买鱼，倒也没有把价格弄糊涂了，于是卖鱼的人和买鱼的人和和气气地为鱼的价格讨论起来，这是大年三十，大家心情很好，没有人吵架，也没有人不讲礼貌。

卖鱼的人和买鱼的人终于谈妥了价格，他们一起动手，抓鱼，他们的动作比往日更潇洒。

卖铜牛的老人觉得自己坐着有些碍他们的事，他慢慢地站起来，将小矮凳挪得远一点，将压着铜牛的报纸拖开一点，坐下，感觉仍然不够远，重又站起，再挪远一些，再坐下。

老人重新坐下后，也不看关于鱼的买卖，也不看站在他身边的我，我不知道老人他在看什么。

买鱼的人匆匆走了，一切归于平静。

菜市场的人越来越少。老人仍然无声无息地坐在他的铜牛前。

最后我也走了，我想，老人今天大概卖不掉他的铜牛。

但是这无所谓，老人坐在那里，其实并不是在卖铜牛。

路 途

小时候，跟着大人下放到农村，是在江南水乡，到处是水，没有路，没有桥，要到镇上念书，要到街上赶集，或者要回城看看亲戚朋友，都是坐船，船在运河里慢慢地走，时光也慢慢地流淌着。

后来长大了，谈了对象，是苏北盐城人，要去看对象，路是有的，却是那么遥远曲折，长途汽车早晨五点出发，中午时分在长江上摆渡，渡船在波涛滚滚的江面上颠簸着缓缓驶向江北，混浊的江水就在脚下。过了江，继续向北，直到下晚天擦黑了，华灯初上了，才摸到婆家门上。

再后来，我的家仍然在苏州，工作单位却到了南京，于是开始了我在苏州和南京之间的无数次的往返。20世纪80年代，火车十分拥挤，经常没有座位，一站就是几小时，一直站到南京也是家常便饭。

就这样，一直在路上，走啊走啊，不知不觉，几十年过去了，蓦然回首，才知道身边的一切，都发生了什么样的变化。

在我的家乡，船已经成了一道风景，成了让远方的朋友零距离感受水乡的一种工具；而当年那隔断了南北相思的滚滚长江，如今已经畅通无阻了，仅在江苏境内，就有了七八座长江大桥，其中的苏通大桥等都创下建桥史上许多个世界第一和中国第一。现在再从江南到江北，从苏州去盐城，只需一个多小时，过长江有几座桥可以任意走，高速连着高速，江苏高速公路总长度已经接近四千公里，正所谓千里江苏一日还；我继续着南京的工作和苏州的家庭，也继续着我的火车之旅，伴随着时光，火车提速，又提速，再提速，有了特快车，有了空调双层列车，又有了动车。没有人再站在车厢里，没有人再挤在车门口，看看四周同行的乘客，几乎人手一机，不是电脑就是手机，不是手机也是MP几，真是一幅现代化的鲜活的图画。

车窗外，近处是沪宁城际铁路，远处是京沪高速铁路，正在快速建设中，一天一个样。一想到明年七月一日，城际铁路开通，从苏州到南京，只要四十分钟，随到随上，如同公交车和地铁一样方便，憧憬着那一天，真是心潮起伏，相信那一天一定很快到来。就像这几十年的变化，变戏法似的，让人目不暇接。

前两天一位同事跟我说，要提前买火车票回东台过国庆，我当时心里就很奇怪，连这么个苏北沿海的县城都通火车啦，其实，何止是东台，现在江苏境内，由于南通、泰州、扬州、淮安、盐城等车站的开通，带动了沿线的许多苏北县城小站，江苏的铁路早已经从平行线伸展交织成四通八达的网状线，和高速公路网线一样，把江苏大地布置得大路通坦，装点得如诗如画。

60年来，我们不停地走在路上，在路上我们看到了不同的风景，看到了巨大的变化，今天，今后，我们会继续向前走，继续用我们的努力去实现新的更大的变化。

坐在山脚下看风景

千万里颠颠簸簸寻寻觅觅来到长白山，却因为水土不服，犯了胃病，在延吉市的医院里挂了两天水，虽然坚持到了长白山脚下，却是实在无力再登上山去，头天坐吉普车上了山顶，远远地俯看天池，留下一张没有照出天池的天池留影。第二天的登山看天池的节目，心有余而力不足，只能是望山兴叹了。

大家都爬山去了，我独自一人坐在山脚下，看着天池的水缓缓流淌，看着爬山的人熙熙攘攘，上上下下，心里也不知在想些什么，或者什么也没想，一片空白。

就有一位老太太坐到了我旁边的石头上，身上背着七八个包，朝我看看，笑笑，我也笑笑，没有说话，一会儿老太太站起来，上厕所去，背大包拽小包，十分艰难，我想说你放在这里，我替你看着，但没有说。

身旁的石头又有人来小坐一坐，走了，又来一个，坐一坐，又走了，始终没有空着，却也始终空着，因为大家都去爬山，没有人坐在山脚下看风景，过了好一会，老太太又来了，我其实认不出她来，是她身上的许多包，使我想起了她。

“上过了，”老太太说：“厕所挺远。”

我仍笑笑。

老太太大约60岁，可能还不到些，她将大大小小的包摘下来，搁在脚边，然后问我：“你怎不上山？”

我说：“我爬不动山。”

老太太眉宇间有了神采，她又仔细地看了看我，笑起来，像是对自己又像是对我说：“你年纪还不大呀，连你都不上去……”

我说：“你从哪里来？”

“长春。”老太太说：“我们是长春是退休协会组织的，都是一帮老头老太太。”

老头老太太来爬山？我心里这么想，仍然没有说出来，但是老太太看到了我心里想的，她说：“我们昨天早晨坐早班火车从长春到延吉，一整天，晚上住在延吉，今天3点钟起床，坐汽车赶到长白山已经11点，爬山，从山上下来，再坐车赶回延吉，明天早车回长春。”

“为什么安排得这么紧张，其实今天可以在长白山脚下住一晚上，轻松多了。”我说。

老太太说："那样费用就大了。"

我说："噢。"

老太太有些怅然地抬头看着高高的山，叹息一声，说："昨天累了一天，晚上太热，没有睡好，今天三点起床，坐了八小时车，我又晕车，吐了，再叫我爬山，要我的老命了。"

"听说要爬几个小时才能到天池。"我有点同病相怜地说。

"是吗？"老太太说："幸亏我没有上去。"

我不知道与老太太一起来的其他老人，他们此时在上山的路上怎么样，他们看到天池了吗，他们触摸到天池的水了吗？

"我挺懊丧的，"老太太说："他们都去爬了，我挺懊丧，这么多路赶到长白山，不就是来爬山的吗，可是我没有上去。"

"身体要紧。"我说。

"不过，"老太太说："我看见你也坐在这里，我想你年纪也不算大，连你也没有上去，我不懊丧了。"

那天我和老太太在一起坐了很久，我们在山脚下看风景，别有一番滋味。

寻找长白山

从吉林省的延吉市往长白山走，说是四小时左右的路。我们午饭后上路，走到天将黑了，满眼都是山，却不知道哪是长白山。走了几个小时，竟然没有看到过一块标出长白山方向的路牌。

在山里转了大半天的圈子，起初当然是说说笑笑不经意，这会儿心里有些发慌了，山里的天是不是黑得更早些。眼看着四周黑乎乎下来，虽然车上有四个人，但四个人算什么呢。在老林深处，不见人烟只见尘土的山路上，四个人太渺小。

非常非常希望突然看到一辆客车在前面，我们能够赶上前去同行，或者突然发现迎面来了一辆车，车上是从长白山归来的游客，但是始终没有。我们的司机也嘀咕起来，照这时间，去长白山的客车也该回了呀，是长白山的风景把他们迷住了呢，或者他们正在另一道上回家？难道我们走错了路？如果是错了，那么在我们脚下的这条路，又是往哪儿去的呢？纷纷涌涌的杂念挤在脑海中，已经对可能迎面而来或者在前面行驶的装满游客的客车不再抱有希望。这时候，哪怕有一辆货车来了也好，山里的货车，多半是运木料之类，司机多半在山里转惯了圈子，路一定是熟的。

终于像看到救星般看到了一辆运木材的货车，停了下来，向货车司机问路，长白山还有多少路？货车司机好像听不懂我们的话，眼光上上下下将我们四人看了半天，货车司机的目光使我心里抖了一下。虽然他只是一个人，终于他将我们一一看够了，才问道，什么？到长白山？他疑惑不解地说，你们到长白山干什么？

这算什么问题，难道他不知道长白山是著名的旅游胜地？他不知道天池有多美？货车司机没等我们再发问，他已经反问出一连串的问题给我们：

你们是什么地方的人？

你们从哪里来？

你们走哪条路走到这里？

你们为什么要到这里来？你们什么时候出发的？

一连串的问题问得我们胆颤心惊，不知如何回答。所幸货车司机也只是问问罢了，并没有其他意思，好像也不是一定要我们回答的。他跳上自己的车去，看起来是要开车走了。我们急了，追着问：长白山在哪里？

货车司机茫然地摇摇头：不知道。

这是什么地方？

司机仍然茫然：不知道。

再问下去，恐怕货车司机连自己是谁也不知道了。货车拖着满满的木材远去了，留下一片飞扬的尘土给我们，我们几人面面相觑，其中一个说，东北虎。

也不知他这话说的是什么意思。

只有继续往前，借着隐隐的夜色，好像看到前面路边有一座小木屋。未等我们惊喜起来，突然便从路边跳出三个人来，打赤膊，穿短裤，拦下我们的车，定眼一看，我的妈，三人腰里，全别着短枪。没等我们反应过来，其中一人向我们的司机伸出手来：看一看驾照。

我们的司机取出驾照递了过去，带枪的人看了看，又还了，说，我们是边防检查站的，因为有逃犯，所以设卡口查车。说完，挥挥手让我们走。

虽然对他们的身份仍心存怀疑，但我们还是向他们问了路。除了他们，这路上，恐怕再无别人了，只是他们对我们的问题几乎表现出与卡车司机同样的困惑，去长白山？你们从哪里来？什么时候出发的？你们怎么走到这里来了？整个的，给我的感觉，好像我们已经走到外国去了，走到外星球去了。

他们三人叽咕了半天，商量着该怎么给我们指路，但最终也仍然没有能指明去长白山的方向。下面的路，可是走得更艰难。这大山里，有几乎不知道自己是谁的货车司机，有打赤膊带枪的人，还有逃犯，前面，还会有什么呢？突然，一阵军号声从不知什么地方传来。紧接着，我们的车开到了一个路口，一幢红砖房出现了。砖房前的空场上，有几十个穿军装的战士正在活动。

军营！

我们异口同声地叫了起来，心中突然涌满了安慰和安全感。

从来没有体会过如此强烈而深切的对亲人解放军的感觉，在这离家万里的深山老林体会了，一种回家的感觉油然而生，吊在半空中的一颗心，终于回到了原处。十七八岁的小战士们，他们热情的微笑抚平了我们心头的惶惶不安。小战士说，你们没有走错，这就是长白山。

长白山，原来你就在这里呀。

卢浮宫随想

卢浮宫是世界顶级的艺术殿堂，这是毫无疑问的，每天全世界会有许许多多的人历经千山万水，甚至是走过千辛万苦去到那里，去看一看艺术是什么，去感受一下什么是艺术，站在那些油画面前，大家都被震惊，被笼罩。甚至说不出话来，说什么好呢，说什么都是多余的。

我在卢浮宫休息的地方，看到另一幅生动的画面，也一样的被震惊，一样的被笼罩了。

那是一个年轻的男人，几乎还是个孩子，我猜测不准他有多大，也许20岁，也许还不到一点，18岁，或者，20刚出头，总之他十分的年轻。起先我是看见他搀着两个六七岁的女孩，一个是白人孩子，一个是黑人孩子，她们天真烂漫地在艺术的殿堂里跳来跳去，休息着无事可做的我，便去猜测，这是一家人出来旅游吗，这是大哥哥领着两个小妹妹吗，正在胡乱想着，便发现孩子多了起来，三个四个，五个六个，渐渐的，不知从哪里拥过来十多个孩子，他们围着那个年轻的男人，叽叽喳喳，牵着他的衣角，抚着他的后背，他们缠绕着他，我是听不懂他们说的什么，我只能看他们的表情，看他们的动作，看他们要干什么，孩子们不安分，吵吵闹闹，那个带领他们的人，一直微微笑地看着他们，他摸摸这个孩子的头，拍拍那个孩子的背，他把孩子们身上背着的行李拿下来，放在椅子上，堆成一大堆，然后他吩咐孩子们什么话，孩子们是似听非听的，他们只是沉浸在自己的玩乐世界里的，然后他就走开去了，孩子们仍然是打打闹闹，他们把搁放在椅子上的行李全部推翻在地上，他们仍然只顾得上自己玩耍，行李背包在地上滑来滑去，他们把它当做皮球了。

带领他们的人回来了，我怕他会露出不耐烦的神色，但是没有，他笑眯眯地看看孩子们，把行李一件件地捡起来，放好，把孩子们抱到椅子上坐下来，但是孩子们刚刚坐下去又爬起来去玩了，他也是默许的。他们在椅子上跳上跳下，把行李又踢在地上了，他也是默许的。

他们看过那些油画和雕塑吗，他们是正准备进去参观还是已经看过出来了，他会给孩子讲那些世界著名的艺术珍品、希望孩子们能够领会吗，他是学校的老师，或者是幼儿园的老师，他是慈善机构的吗，他是义工吗，是实习吗。我想了想，觉得这都无所谓，我觉得在他的脸上，在他的眼神里，看到一种熟悉的东两，那是什么呢，我熟悉他的什么呢，这个想法倒是使我陷入了一种思索。

后来我忽然就明朗起来，在卢浮宫的油画里渗透出来的神奇的气韵。在这个艺术宫殿里弥漫着的浓郁的气息，与这个人的内心世界是相吻合的，他的轻轻的行为，已经与沉重的卢浮寓融成一体了。

在这里，我看到五彩缤纷的现状柔和成一个博大的“爱”字。

说 玉

玉是什么?

字典上说它是一种矿物，质地细而有光泽。

但玉又不仅仅是一种矿物。矿物有许许多多，不是人们对所有的矿物都怀有对玉那样一种感情，我自己虽然和玉没有什么特别的缘份，没有用心收藏过玉，更没有特意地了解过玉，但我却感受过许多人对玉的敬仰心态，他们对玉的呵护倍至，他们对玉的情感投入，让我惊奇，更让我感动。不是因为玉的价值城连，同样昂贵的黄金白银甚至钻石都得不到这样的尊重，也不是因为玉的光彩美丽，

世界上光彩美丽的物质比比皆是，但是它们永远不能像玉那样走进人的心灵深处，与人结缘，与人为伍，与人连成一种不解的情结。

这就是玉。它既是一种普通的物质，又不是一种普通的物质。

我知道许多人和玉有缘，他们能够说出许多自己或自己的家人朋友和玉的美好的传说和故事，本来我自觉与玉无缘，总觉惭愧，但是渐渐地我感受着大家的感受，听了他们的故事，我心动了，我神往了，忽然就觉得，我原来和玉也是有缘的，虽然我手头无玉，但我心里有了玉，至少，我知道了玉在人们心目中的位置，我也知道了玉在我心中的位置。

记得有一次陪外来的客人吃饭，当时因为有规定，中午不能喝酒。少了酒，这顿饭就吃得有点沉闷，后来不知是谁先开了个头，谈起了玉，先是他从自己的颈项上摘下一块玉，大家轮番观赏，一一小心传递，有懂的，有不懂的，有半懂不懂的，个个争先恐后，还发表感想，而无论是内行还是外行的，无论是懂还是不懂，大家都颇有兴致，有一个人还当场从口袋里摸出了放大镜——这是专门为鉴定玉而准备的工具，这已经够令我惊讶。接下来的事情就更让我目瞪口呆了，接二连三的，在场的人几乎人人身上都能掏出一两块玉来，几乎掏出玉来的人，人人都能说出这块玉的来历，几乎这些来历，个个都是神奇而令人向往的故事。即使有个别人身上没有玉，但他也能说出关于玉的一二二四五。于是，这顿本来与玉完全无关的宴请，最后变成了玉的专场讨论会，大家兴致勃勃，情绪高昂，以至于有两位客人，当时就按耐不住激动的心情，要化言论为行动，提前退场了，说是要到本地的古玩市场去看玉了。

我感受到了玉的神奇而巨大的魅力，内行说玉，外行也说玉，玉已经把人给玉化了，他们成了我眼中的“玉人”。当然，对于玉的了解和感悟，我连一点皮毛也没有沾及呢。对于玉的丰富的内涵和深奥的文化，我更是摸不着边际，但是玉的灵性多多少少感染了我，让我开始关注起这些“玉人”来。在以后的某些饭局聚会或旅途中，我仍然常常听到关于玉的谈论，从来没有人会对其他有形的物质的东西如此投入，从来不会有人把戴着的金项链或钻戒拿出来给人欣赏，不会有人把银行卡从钱包里翻出来，谈车说房也都是有限度的，唯有玉，不断地有人谈，有人展示，不断有新人加入“玉人”队伍，恐怕很少再有什么东西会如此普遍如此普及地随时随地出现在人们的话语里。

这是自古以来我们对玉的认识和评价，对玉的品格的认同，要不然，怎么会有那么多对玉的赞词：玉洁冰清，玉容花貌，玉骨冰肌，宁为玉碎不为瓦全。

玉是一种物质，更是一种精神，它存在于现实中，更存在于人的心灵间，它在现实中可以待价而沽，雕凿成器，它在人的心底里永远无形无价。

不像作家

有时候接到一些人的来信，或是电话，说："我读过你一些小说，很想见见你，和你谈谈文学，或者谈谈别的什么，不知你有没有时间。"

时间总是有的，于是就约定了，详细告知我家的地址，若是从城市的东面来，该怎么走，从西边来，又该怎么走，走到哪儿看见有一幢楼，门洞在大楼的最西面，进了门洞上四楼，等等，一一交代清楚了，到差不多的时间，便在家里静心等候，将泡茶的杯子准备好，水烧开了，若知道是位男客，也先将香烟找出来，免得一会手忙脚乱，这才坐下来，守候，心里，竟有些丑媳妇见公婆的感觉，别别扭扭的，又有些上考场面对考官的感觉，忐忑不安，不知能不能过关呢，想。

终于听到了敲门声，去开了门，笑一笑，说："你就是某某吧？"

门外的人说："是。"

便引进门来，慌慌张张地指着椅子或沙发说：“坐，坐，我给你泡茶去。”或者说：“抽烟吧，我拿烟。”若是天热，再开电扇，找扇子，有满头大汗的，看着心里过不去，再挤把凉毛巾让擦一擦，客人坐下来，倒显得从容自在，细细地将我打量起来，这么忙过一阵，才坐下来，我说：“天气很热噢。”或者说：“天气很冷噢。”或者说：“我家不好找吧？”就这么先找些文学以外的话题说了，再慢慢地引入正题。

如果来客是能说会道的，一般都是他或她先说，看过我什么什么小说，在哪次电视上也见过一面，书上也见过照片，再说看过我的小说的感想，怎么怎么，多半说得很在点子上，很有见解，我呢，总是要谦虚地笑着，说一些我的文章的缺点，如果客人倒是比较腼腆，就由我先说，问问他或她的工作单位，家住哪儿这些，听他或她回答了工作单位以后，再说说这工作的情况如何，比如是医生的，就说说医院的情形，比如是学生的，说说学校的情形，是工人，也问问工厂的事情，这样总能把话说下去，再说到文学，说到小说，话也更多些，偶有停顿，我就说：“喝茶。”或者说：“再抽根烟。”就这样，一次见面就算过去了，当他或她看看表，说：“哟，时间不早了，耽误你不少时间，我走了。”

我也就起身送客，说有机会再来的客气话。

他或她回去以后，一般总有一封信写来给我，他们会说一说和我见面的感想，写下对我的评价，他们都说：“你看上去，不像一个作家。”说：“你和我想象的相差很大。”

一个人这么说我也许不在意，两三个人说了，我也可以不放在心上，但是到我家来看我的人他们几乎不约而同都这么说，那么我到底像个什么呢，却没有人说我像什么，这倒是他们很一致的地方，只说我不像什么，却不说我像什么。

把自己的言行举止一一回想过来，笑眯眯的显得不深沉不痛苦，温和和的一点也不敏感不尖锐看不出神经质，说话多了显得没教养没风度，说话太少好像肚子里空空的，说了些实实在在的大白话显得没学问没根底，忙乎于泡茶拿烟说天气说住房说上班路途远不远，不谈哲学不愁人类命运像家庭妇女。生就了一个大众化的样子没有作家的气质，眼睛不近视所以也没有戴一付眼镜，没有抽烟的习惯所以也没有点一支夹在手指间，儿子不听我的话也只好让他不听去，穿衣服因为街上没有开辟作家专卖店所以穿的也是和大家一样的衣服，商场里买的，也有请楼下小裁缝做的。就这样，看起来所有的一切都和大家一样，如果和许多人一样就不像作家。那么，我们可以也反过来试一试呀，我们面容憔悴，面带痛苦，两眼炯炯，目光尖锐，服饰长相与众不同，行走站立独具风采，谈吐尖利，言论高深，谈到人类命运死去活来这就是作家吗，大概也不见得吧。那么什么样子才是作家的样子呢，想来想去我也不能明白，想我这辈子大概注定是做不像一个作家的了，做不像就不做也罢，像不像个作家也无所谓，做不做个作家也无所谓，那么什么才是有所谓呢。像个人样，活着，过日子，那大概是有所谓的吧。

见过一面说我不像作家的人以后若是有机会再见面，我会有兴趣和他们谈谈什么是心目中的作家呢，他们多半认真地想一想，然后一笑，说："我也不知道，说不出来。"

原来，谁也不知道作家该是个什么样子呀，也许，作家根本就没有什么样子，甚至你根本就别以为这空间有什么作家存在呢。

速不求工

看到一篇文章，介绍范烟桥先生的为文，说他是速不求工，看了挺喜欢，这四个字，合我胃口，我也是速不求工，虽然我不能拿自己和烟桥先生比。

我的为文的速不求工，是有点儿名气的，同仁之间常当笑话说，当个段子传来传去，吃着碗里望着锅里，我写文章，就有些这味儿，手里写着这一篇，心里已经想着那一篇，总以为只有前面那一篇才是最好的，手中这一篇已是明日黄花，真是见异思迁见利忘义得很呢。总是急急地去追赶最好的那一篇，永远也追不上，永远追不上，仍然是要去追，从来不知道停下来看看为什么追不到。总结一下经验教训之类，没有的，只知道往前追，就这么速不求工，文章就这么一篇一篇地抛出来。粗制滥造的多，精雕细刻的少，马而虎之的多，讲究文法的少。关心我、爱护我、希望我写作进步的师长，朋友，包括读者，他们都对我说，放慢一些，再放慢一些。现在对你来说，不是多一篇少一篇的问题，现在你必须注重质量，写一篇是一篇，他们真心诚意，不带半分勉强，也没有一丝一毫别的什么目的，他们说这话，完全是出于责任，出于对我的爱。可是我，却难免有些不恭，也许在心下暗笑，你说你的，我行我的，你说完了，我认真地点过头，转过身去，我仍然速不求工。

早在十多年前，大家就说，我们知道你的名字，但是要我们说出你的哪一篇文章特别地好，却是对不起了，说不出来，十年后的今天，仍然是这样情况。我想，这和我的速不求工，大概是有着某种必然的联系罢，速度快了，就有数量，数量多了，就使人浑浑然，泥沙一堆，将珍珠也掩在里边，当成了泥沙，冤哉枉也，可怜我的珍珠。

速不求工，怕是断定成不了大家的，成大家，这是我们每一个人梦寐以求的事情，我也不例外，我也想成为一个大家，但是如果成不了，就罢，成不了并不是我不想成，不是我没出息，是我无可奈何。如果有一个人告诉我你若是放慢写作速度，慢慢地求一求工，你百分之一百能够写出划时代惊天地的好作品来，如果真有这样的人这么对我说，我想我也许会试一试。但是没有人能这么说。谁也不能保证，求工也不是你想求就能求来的，也不是你放慢了速度就能得到，所以以我的想法，与其把希望寄托在不知道有没有的结果上，还不如按照自己的意愿，写罢，只希望在“速”与“工”之间，没有调解不开的矛盾才好。

我这样的观点，完全是个很不愿意进步的懒汉观点，其实，我可是很要进步的呢。我希望自己好好学习，天天向上，像我儿子一样，这全是真心话。其实关于我的速不求工，我也曾写过文章教育过自己，文章题目叫作快不过命运之手，明明像是有大彻大悟的意思，赶什么赶，追什么追，你不是承认追不过命运之手么，可惜人总是这样，明白也是明白，承认也是承认，追却还是要追的，速不求工的事情也仍然是要做的，这算什么，大概算是人的脾气吧。

唉，人的脾气，无论是好脾气，还是坏脾气，要改，都不容易，也许人人都已经觉得你臭不可闻，你却沾沾自喜，闻着挺香呢，挺香的东西，干吗要去改，不改。

不改也罢，人能按照自己的习惯和愿望生活，不是幸福又是什么。

快不过命运之手

在传说中，我是一个写作的快手，传说我十几天能写二十几万字的长篇，传说我一个月写十几个中篇，传说我写作没有阻碍，像流水，传说我不食人间烟火，只认得一个写字。

对于传说，可以相信，也可以不相信；可以认真，也不可以不当回事儿，我呢，常常是一笑，我想这也就足够了。

其实，我常常觉得头脑里一片空白，只知道自己是要写的，是要不停地拼命地写的，但心里常常很茫然，在人生的路上，在写作的路上，我已经奔跑得很累很累了，但我仍然拼命奔跑，我并不知道前面等待我的是什么。卡夫卡写是寓言，大意是这样的，他说有一只老鼠拼命地奔跑，它不知道它要逃避什么，他只是拼命地奔呀，它穿大街小巷，终于跑进了一条长长的静静的安全的通道，老鼠正想松一口气，它看到了猫站在通道的另一出口，猫说，来吧，我等着你呢。

我以为我是一只老鼠吗?

当然不。

但至少有一点是相同的，那就是我和老鼠，我们都不知道为什么要奔跑，我们也不知道我们的终点是什么。

我们的一切，只在于奔跑之中，我们的快乐，我们的苦恼，我们的兴奋，我们的无奈，都在奔跑之中。

奔跑是一种状态，生命也是一种状态，奔是一个进程，生命也是一个进程，我们的奔跑与我们的生命同步，这是我们应该引以为自豪的事情，同时也是我们觉得无奈的事情，因为除非生命停止，我们不得停止奔跑，这命运排定了的。

太阳每天升起又落下，每月过了初一又十五，每年花开又花落，每一年中大部分时间我住我的古老而潮湿的小城。每天写字，后来改成打字。我的颈椎病越来越严重但我从来不曾想到去医院看一看，我不知道这是为什么，我继续打字。有时候我觉得自己像个劳动模范，有时候又觉得像个殉教的教徒，更多的时候我不敢想一想我到底是谁，一想到这个问题，我就有一种推动自我的恐惧。我写了一天又一天，我常常不知道自己是很快活还是很荒诞，我不知道我是很充实还是很空虚，在我实在感到心烦意乱的时候，我走到阳台上看着滴滴答答的小雨我感觉空气的湿润，我想我回进屋会继续打字，这是注定了的，无法改变。

我对我的行为曾经想了又想，我感觉自己很快很快，但是永远快不过命运之手，突然有一个苍老的声音在我耳边响起，我听索尔·贝娄在说话，他说：“只有当被清楚地看作是在慢慢地走向死亡时，生命才是生命。”

时 间

说起来我的时间是够多的，我不用每天去上班，我也不承包什么任务，但是我仍然觉得我没有更多的时间，我的紧迫感根本不知从何而来，也不知为何而生。我不上班，但是我对时间却掌握得很准确很精细，我想像不出这世界上还有谁会像我这样把时间抠得那么紧。我每天每天都得把时间的分分秒秒把握得一丝不差，对于我来说生活中最重要的东西是手表和钟，我离不开它们，我不知道我一旦看不到手表和钟，一旦我觉得自己再也掌握不了时间，我会变成什么样子。在每一天我做得最多的事情好像就是看表看钟，除非在一种状态下，那就是我的写作进行得非常顺利。除此之外，我几乎每过半小时就会看一下时间，我根本不知道我看时间的目的是什么，我不赶去上班，也不赶火车赶飞机，我也不和人约会，我也不上电影院，我更没有别的限时限刻的重要事情要去做，但是看钟看表确实成为我生活中必不可少的一部分。从前人常说一句话，机不可失，时不再来，我就是这样感受着时间，弄得自己神经紧张。

因为我永远感觉到时间的不够，即使我生了病，我也只找离家最近的医院看病，节省时间。

医院虽然离我家不远，但是以前我从来没进过这家医院。我记得我母亲被病魔折磨得无路可走的时候，她出入了许多家大医院，后来有一次，母亲走进我家附近的这座小医院，医生给她开的药是食母生，母亲捧着食母生回来。母亲在她过去的许多年中，顽强地和病魔作斗争，母亲不知服用过多少食母生以及许许多多其他的药，母亲从小医院里捧回一小袋食母生的时候，母亲像是捧着一袋救命丸，母亲说，也可能的，说不定大医院治不好的病，小医院的食母生就治好了，食母生到底没有能够挽救我母亲的生命。但是母亲在她的生命的最后几年里，她的对于病魔的不屈服，对于生命的渴求，我永远不能忘怀。

现在我也走进了我母亲曾经满怀希望走进去又满怀希望走出来的区级小医院，我想我也同样满怀着希望。

医院的门廊昏暗而潮湿，我在平时无数个日子里经过医院，我偶尔也回头朝里看看，完全无目的，我看到的就是阴暗而潮湿的景象，我知道这类级别的医院不能指望它有多么好的医疗条件。门廊两边各有两个窗口，挂号，划账，付款，发药，我站在挂号窗口前，抬头看到墙上贴着满满的门诊指南，有许多专家门诊，但在专家门诊中我找不到伤科，也找不到和我的老伤多少有些关联的科室。我茫然地看着老专家们的名字，我突然想，这每一个名字都是一部厚厚的书，对我的这种想法我自己一点也不怀疑，我的思绪奔放起来。商人对着满街的人流感叹，呀，都是钱哪，虽然未免贪婪，思路却绝对正确，心理学家则说，你们每个人都能给我提供一份临床实例报告，虽然过于自信，却也得之无愧。和他们一样，我想我的职业病又犯了，我立即对自己的思想进行批判，我想到我是来看病的，我看病是为了今后更好更多地写作，我并不是来找写作素材，关于写作和写作素材，我应该将它们托付给来日方长这个词。

我努力收回自己的奔放的激动的思绪，我怀疑在我对区级小医院尚未有一定的了解之前，我是否能够贸然把自己的病和自己的未来交给它。小医院的较差的医疗设备和条件，使人不能立即对它产生一种完全信赖的感情，我想这也是正常的。我犹豫再三，没有先挂号，按照就医指南的指示，我先在一楼转了一圈，又上了二楼，在楼梯的地方，看到了一块伤科的牌子，我向里边探了探头，我记不清我当时看到了什么，到以后日子长了，我自然会知道，那天我看到无非也是病人和医生，别的还能有什么呢。我只是记得并没有人和我说话，大概会有人向我看看，但是确实没有人同我说话。我退开来，又向走廊里头走去，我看到了内科，小儿科，针灸科，等等。我心里越发地茫然起来，其实我并不知道我该看哪个科，我不知道是针灸更好呢，还是吃西药，喝汤药，或者是做牵引，做理疗，推拿，也或者还有别的更好的办法。那一时刻，我站在区级小医院的二楼走廊上愣了一会，最后我义无反顾地走向伤科，不知道因为什么，也许就因为它靠着楼梯，当我再度走到伤科门前探头探脑的时候，我终于引起了医生的注意，医生说，你看病？

我想是的，我点点头。

医生说，这是伤科，医生打量了我一下，又说，你看什么？

我说不出我看什么，我要看的地方似乎很多，从头到尾，发了许多老伤。一想起我的老伤，我心绪就烦乱起来，我尽量使自己的头脑不受烦乱心绪的影响，我镇定了一下，我想到我必须有所取舍，突出重点，所以我只是稍稍地犹豫了一下，我说，我看颈椎病，是这儿吗？

回想那一刻我义无反顾地抛弃了其他的老伤，突出我的颈椎病，我想我的意思再明显不过，我完全服从于我的写作事业，许多日子以来我已经感觉到我的颈椎病开始影响我的写作生活，我想我大概无法承受不能写作的打击，为了使我在生命的后半辈子仍然能够写作，我开始治疗我的颈椎病，别无他意，我这个人真是很简单，很专一，所以我对医生说，我看颈椎病，是这儿吗？

医生点点头，挂号去吧，医生说。

我重新下楼挂了号，就这样，我走进了伤科门诊，根据医生的吩咐，我在这里进行综合治疗，打针，吃药，牵引，理疗，推拿，每天需要两个小时，碰到病人多的时候，时间更长些，医生认为，第一阶段的治疗，至少需要3个疗程，整整30天时间，以观后效。我心疼时间，但是我已经没有退路，我想，权作工作调节罢，我的这种想法很莫名其妙，但是我确实这样想，好像我花时间治病是浪费了我的生命似的，其实，我明明知道我已经预支了生命，我从来没有浪费过生命，但我的思想列车固执地坚持着它一贯的轨道，不肯有半分偏差，我无法控制我的思想列车，它有一种与生俱来的执拗，我无可奈何。

我每天上午到医院去接受治疗，在时间流逝的过程中，我不断地安慰自己，我对自己说，来日方长，我并且告诉所有关心我的人，我说我现在每天花整整半天的时间进行治疗，关心我的人都认为这很有必要，认为早就应该如此。我每天到医院去的时候，面容平静如水，步履坚定沉着。在每天的治疗过程结束后，我的头部背部的感觉确实轻松多了，我慢慢地走回家去，相信没有一个人看到我的从容不迫的样子。其实我内心完全不是这么回事，真正知道我内心是怎么回事的大概只有我自己。

毫无疑问，我的内心一点也不平静，我焦虑不安，心情毛躁，思绪烦乱，面对电脑我的头脑里竟然一片空白一片苍茫，我写作许多年思路基本上是畅通的，不敢说行云流水，至少也是缓缓细流，虽无磅礴的气势，却也源源不断。现在我的思路终于堵塞起来，我情绪波动，忽而沮丧，忽而悲哀，忽而又很亢奋，我不必奇怪，我知道这是因为我的写作碰到了障碍。

许多年来，我一直写作，我其实并不知道我写作的目的是什么，活着写着就是目的，除此好像再无别的目的，当然我不能不说在我开始的时候，我确实怀有种种目的。但是多年以后，我再回想那种种目的，我发现自己已经找不到它们，我曾经在一些文章中或者直接或者间接地谈到过写作的事情，我说我不知道为什么要这么拼命地写作，我也不知道我写到什么地方什么时候才是结束。我觉得我活得不潇洒，可是有许多人认为我还是挺潇洒的，其实我知道不是这回事，我从来没有把写作当作游戏或当作休息，也不是为生活作一些点缀，也不是为生命增加些色彩。

我想我大概是太认真，我把写作看得太认真，做得也太认真，正因为如此，我不能把这个工作做得更好一些，年复一年，我生产出大量的作品，能让人记住的却很少很少，我被普遍认为是“可惜”了。对此一说，我亦有同感，就像我们平时经常能见到生活中有这样的人，他们多才多艺，能歌善舞，吟诗作画，书法写得不错，文章也常常上报，自己又会修理电视机录像机，玩古董也玩得内行，集邮票也集得专门化，总是无所不能似的。这样的人受社会欢迎，这里开会请去写会标，那里歌咏比赛又去做指挥，有时候我们看到这些人忙前忙后，觉得他们若是能朝专一的方向发展，也许能够成更大的气候。这想法大概是不错的，但事实上，多才多艺的人他们仍然是那样生活着，就像我一样顽固不化，我想我自己几乎是一年忙到头，一日忙到夜。我这样做的结果，大概使我的才能像细细的流水似的一点一滴流走，而不是将它们聚成某一种较强大的力量。

我可惜了我自己，但是我并没有改变自己的想法，我一如既往，我的思想列车固执地沿着旧轨道向前开着，我依然如故生产大量的作品，其中有许多粗制滥造的东西，自己也不忍卒读，我不知道我到底算是对自己负责还是不负责，有时候我觉得自己有一种走火入魔的恐怖感，我无法做到使自己不去想写作的事情，我很害怕。

也许我现在就说这是一种恐怖仍然为时过早，也许人在他的一生中碰到许多次的恐怖，但没有一次可以算作是真正的恐怖。其实人也只是在想象恐怖的时候，心理上对恐怖更有畏惧，一旦真的感觉到恐怖，也就那样，能怎么样呢。像我，总以为万一有一天因为种种原因而不能写作，我会怎么怎么样。其实，真的不能写作，我又会怎么样呢，我想一定不怎么样。我至少不会去死，我会活下去，会好好地过日子，会找些别的同样适合我的工作来做或者我能将那一份新的工作做得更好也是可能。就像热恋中的男女都有非你不娶非你不嫁的痴迷，却不知任何一个正常的男人和女人都可以在婚姻和爱情问题上进行多种可能性的组合，谁也难说究竟哪一种组合更合适。如果有人告诉我说，写作对我来说并不一定就是最佳的选择，我想我也无法解释，因为我无从对比。

现在我唯一要做的事情就是认认真真地治疗我的颈椎病，我不应该再有多余的想法，我应该让我的活跃不止的思维休息一会。我每天按时往医院去。医生说，你很准时，门诊室里等着许多病人，像这样的门诊治疗。医生说，对每一个病人都应该约定时间，既不让病人等着，医生也可心中有数。医生说，可是我们这里做不到，时间是捉摸不定的，更多的人没有能力掌握自己的时间。

医生的话使我有些震动，我算什么呢，算不算医生说的“更多的人”中间的一个呢，看起来完全能够支配自己的时间，我想在什么时间干什么都可以，其实呢？

其实我被时间追得屁滚尿流。

女人心情

女人心情易变。一会儿天一会儿地，一会儿云一会儿雾，弄得男人头疼，不知道她到底要什么。看她爱的时候，男人感动得手足无措不知如何是好，以为这辈子再也不可能有第二个人这么爱自己了，因为有许多忘我的爱的事例恐怕连他的母亲都做不到；但是她恨起来的时候，男人又一次手足无措，他起先是丈二和尚摸不着头脑，根本不知道自己是怎么伤了她的心，听了女人的哭诉，他才稍有些明白，便觉得女人有些荒唐，这事情也值得这么兴师动众、小题大做？所以开始他还想为自己辩护几句，但是很快他就发现他的辩解只能让女人更激动，他赶紧在心里对自己说，快闭上你的臭嘴。但你要是真的一言不发了，女人必定更伤心，她觉得你根本不在乎她，根本不把她的痛苦当一回事，那时候她是一个苦大仇深的妇女，恨你恨出一个洞。

女人哭起来，惊天动地，她那时候觉得，自己所受的委屈，所吃的苦头，比窦娥还冤，比白毛女还苦，她能不哭吗？女人的哭让男人心烦意乱，无所适从。但是女人的哭来得快去得也快，女人停止哭泣的时候，就像自来水笼头一下子被拧上了，刚才还哗哗地流淌，这会儿说停就停，一滴水也挤不下来了。女人在一瞬间就已经笑起来了，给一点阳光就灿烂，有时候，天还阴着呢，雨还没有停呢，她就灿烂起来了。灿烂不灿烂，全在于她对男人的感觉。

女人受了男人的气，一肚子哀怨和仇恨，去商场疯狂地购物，花很多钱，买漂亮的衣服，或者去吃东西，吃得像《瘦身男女》里的郑秀文也在所不惜，或者在外面盲目地行走，两眼散光，失魂落魄，感觉她是走在世界末日了。但是转了一圈，女人的心情忽然就好起来了，她看到街头一对亲热的恋人经过，或者看到年轻的妈妈正在亲吻着她的孩子，女人的怨恨顿时化为柔情，女人的伤心已经飘得无影无踪，她掏出手机给男人打电话，声音里含着泪说，我爱你。

女人觉得他是世界上最好的人，那时候什么白马王子、富豪巨商、电影明星、体育健将，都不在她的眼里，都如粪土，女人幸福地等待着在约定的时候电话铃响起来。但是今天的电话铃没有响，他有事情耽搁了，电话迟到了，女人的幸福心情随着时间的流逝而流逝着，女人甚至感觉流走的是她的心血。

是她的生命，最后女人的心情恶劣起来。阳光明明灿烂，但是她感觉天塌下来了，大地明明坚实，但是她感觉地陷下去了。她开始流泪，开始胡思乱想：他不爱我了，我再也不理他了。她想得最多的就是这两句话。这时候，电话铃响了，女人脸上还挂着泪，但是她笑着扑过去抓住了话筒。

女人的感觉就是这样变来变去，她一会儿哭一会儿笑，皆因一个爱字，如果不是因为这个爱字，女人是理智的，比男人更清醒，女人是刚强的，比男人更扛得住，女人甚至能够扛起整个的世界，但是她偏偏扛不起那一个字。

我们经常会看到爱中的男女有类似这样的台词：

女（委屈地）：我不贪你的钱财，不贪你的地位，不贪你任何的东西，我要的只是你的一点点呵护和温情。

男（不解地）：我没有给你呵护和温情吗？

女（咄咄逼人地）：那你为什么不给我打电话？

男（耐心地）：不是跟你说了，正好单位里有事情。

女（赌气地）：我不如你的工作重要。

男（掏心掏肺地）：虽然没有及时给你打电话，但是我心里一直想着你的。

女（不理解）：你不给我打电话，我怎么知道你想着我。

男（哑口无言）：……

一个是爱着的，另一个没有接收到，或者有时候接受得到，有时候接受不到，因此两个人都觉得挺冤，这是什么？这就是差异。

天知道这个女人是谁，是我们认识的人，或者是我们自己，或者我们都不认识她。

我这里说的女人和男人，排除了恶人和不善良的人，排除了心里没有爱的人，他们都是好人，都是善良的人，心里都有爱，但是好人和善良的人在一起，即使心里都充满了爱，但一样会闹矛盾，一样会打起架来，甚至一样会造成不好的后果，有篇文章的题目就叫《和好人离婚》。

感时花溅泪，恨别鸟惊心。侬今葬花人笑痴，他年葬侬知是谁？这些东西难道男人不懂吗？懂的，只是男人不是经常将它们放在心上，尤其不是放在嘴上，他们放在心上的，是其他东西，比如是路见不平一声吼，比如是今日痛饮庆功酒，等等。女人说，我都跟你说过一百遍一千遍一万遍了，你为什么还是不能明白我的心，你懂不懂道理？你是不是弱智？男人也够委屈的，男人说，你说的时候，我是听明白的，也能够体会你的痛苦心情，但是过后我又忘记了，不是我心里没有你，只是我没有像你这样考虑问题。女人一听更来气，你为什么就不能像我这样考虑问题。男人说，我也是想这样考虑问题的，但是到了考虑的时候，我的思想又变成我一贯的想法了。

他们的感觉老是要走岔，感觉的差异，造成了男女间的误会和怨恨，造成了痛苦和悲伤。那么，既然知道问题是差异引起的，也看到了差异在什么地方，那么我们爱中的男女，是不是可以想办法消灭差异，从此美乐共融，恩恩爱爱，不生嫌隙。

谈何容易啊。不是早就有人说，男人和女人来自不同的星球，本来就是两种动物，差异既是与生俱来，又终身不灭。

更何况，梅花香自苦寒来，暴风雨后见彩虹，要是真的消灭了差异，男女在爱中，没有了误会和痛苦，只有甜蜜恩爱，岂不只剩下今天天气哈哈哈了？

要真是那样了，这个世界也够没趣的。

坐火车

我曾经写过一个小说，题目就叫《火车》，写的就是几个人晚上上火车早上到站的事情，途中没有发生任何奇怪的惊悚的意外的好玩的刺激的事情，却一口气写了几万字，真是“小青式的唠叨”（评论家语）呵。

这和我经常坐火车肯定是有关系的。

其实我的乘火车史开始得并不算太早，那是在1982年初，我大学毕业留校后，由我的导师带着，去扬州和南京的两所师范学院商量改编教材的工作。第一站，我们从苏州上火车坐到镇江。我和我的导师，都没有座位，是站票，火车十分拥挤，要想站稳一点都不容易。那是我有生以来头一次乘坐火车，那一年，我27岁。

有许多孩子小小年纪就跟着父母家长坐着火车东奔西走，跟他们比起来，我的火车处女乘，算是比较晚的了，但是和同样多的一辈子都没有乘过甚至没有见过火车的人来说，我又算是早早地登上了开往时代的列车了。

我只是没有想到，在我的人生后面的那些日子里，会和火车有这么密切的联系。

在20世纪八九十年代的相当漫长的时间里，我们出远门，基本上以火车为主，因为那时候的会议邀请上，常常会有“请勿坐飞机”的要求。我还记得，我到广州、到重庆、到成都、到哈尔滨等，都是火车，一坐就是十几小时、几十小时，还坐得有滋有味，有情有趣，一点也不着急，从来也没有觉得几十个小时有多漫长。

现在肯定是不行了。现在的人，出了门就着急着想返回，好像家里或单位里有什么要紧的事情等着，其实根本就没有。

于是，火车就一步一步地提速了。

比如在沪宁线上，这几十年，我不停地不断地来来往往，亲历了火车的一次次提速。从绿皮的慢车、红白色相间的普通快车，发展到加了速的双层游车，后来又有了动车，现在是高铁，尤其是沪宁城际高铁，真就是在我的眼皮底下，一天一个样地建设起来的。

现在我从苏州到南京，一般只要一个小时多一点点，快一点的和慢一点的，相差最多不过一二十分钟，但就是这个“一点点”，我在买票的时候，如果条件允许，我还是会挑更少的

“一点点”，哪怕只快几分钟也是好的。

为什么这么着急呢？

因为这是现代社会呀。

你还能想像你去乘坐几十个小时的长途火车吗？现在接到会议邀请，首先看交通方不方便，然后才决定去不去。一切都在飞速向前，人类似乎已经不能忍受“慢”了。

从慢到快，似乎只是一眨眼的事情。

再用一眨眼的时间，大家又都已经感觉到太快了，快到控制不住了，快到心慌意乱了，所以，人们又开始提倡慢生活了。

只是，我们知道，提倡归提倡，又有谁不想快一点到达呢。

我们这是要快快地到达哪里呢？

火车速度越来越快，这就意味着，从出发点到目的地的距离越来越近。可是我们人与人的距离呢？

我从前乘坐慢车，在漫长的旅途中，经常会有一些美好的或不美好的际遇。有一次我在火车的过道上和一个采购员说话，这个人是这条线上的常客，哪一个小站有些什么特产，哪一段线路情况如何，他都了如指掌，说起来头头是道。我们正聊得来劲，一个卖盒饭的列车员推着小车过去，他在那采购员身后朝我做手势，又是摇手，又是眨眼，我明白他的意思，是让我不要和那采购员多接触。我不知道他是否了解那个人的什么底细，还是仅仅是出于关心我，我只是感受到那一份真切的关怀，那一种没有任何代价的呵护。

当然也有不愉快的经历，有一次我带了一套武侠小说上火车，睡了一夜，上册没了，我一直希望能够有人还来，可是一直到终点，也没有人来还书，就这样，一边拿了上册，一边带着下册，就各奔东西了。

那时候的座位，是面对面的，长时间这样坐着，大眼瞪小眼，一句话不说，真会被憋坏的，而且座位与座位之间，没有扶手隔断，是连成一体的，所以人与人的距离很近，倒杯水啦，递个东西啦，不小心碰着脚啦，都能成为开始聊天的起因。有一次我坐夜里的火车从南京到苏州，车到镇江，上来一些人，其中有一男一女，坐我在对面。从他们的谈话中，我知道他们并不是一起的，男的是无锡某企业的职工，女的是扬州某专科学校的学生，他们一起从扬州渡江过来，又一起上了这趟火车，就认识了。上车不久男的就买了饮料小吃，那女生也不客气，两人边吃边聊，我大体听出来，男的在给女生介绍无锡，并希望女生跟他到无锡下车，他陪她在无锡玩一天，到明天晚上这时候，他保证将她送上火车继续赶路。看得出来那女生有点动心，又有点犹豫，就在犹豫中，火车很快就要到无锡了，那男的攻势越来越强，那女生的脸则越来越红，奇怪的是，我的心也跟着紧张起来。最后，无锡站终于到了，那男的站起来等女生，女生终于红着脸说我不下去了。我长长地出了一口气，看着那男的怏怏地下车了，我心里居然踏实了。

我这样的想法也许很多余，很老派很老土，会令人发笑，但无所谓，那就是我坐火车的真实感受呀。

现在没有这样的事了。现在的火车座位和飞机一样，都是朝着同一个方向排着的，你坐下来只能看到前排的椅背，不用面对面地看别人的脸，这是时代的进步。人性化，保护了你的个人自由，不让你的脸老是暴露在别人的盯注之中，于是，互相的影响减少了，骗子也很少得逞，情感也很少交流。上了火车，大家的脸色都是刻板着的，神情或紧张，或淡漠，几乎人手一个手机或一台电脑，坐下来不等开车，就旁若无人地进入了与火车车厢完全无关的另一个世界。只是偶尔在假期里，有家长带着孩子坐火车的，才会给车厢里带来一点生气。

有一个女孩带着一个巨大的红色箱子上车了，她没有力气把箱子扛到行李架上，行李架恐怕也承受不了它的重量，列车员让她推到车厢门口的行李专设处，她不放心，怕被人拿走，就搁在了自己身边的走道上。于是这个箱子引起了众多的不满，不爽，皱眉，冷眼相看。食品小车推过的时候，女孩赶紧将箱子挪到自己腿前，将两腿蜷起来，小车走后，她又挪出来，有乘客上车下车的时候，她又得挪动，整个旅程，她几乎没有有停歇过，有个妇女经过，碰着了箱子，嘀咕说，这么大的箱子，怎么能放在过道上？女孩也不是好惹的，回嘴说，关你什么事。幸好那妇女走得急，没有听见，否则不知道会不会吵起架来。

难道这就是现代社会，火车快速地奔向时代的前方，同时，一张无形的大网罩住了我们，让我们无法摆脱。

前些时看到一个纪录片，片名好像是《摘棉工》，河南民权县的农村妇女到新疆去摘棉花，她们排着长队，携带着行李，互相拉扯着，上了一列在中国大地上已无剩无几的绿皮火车，每一节定员108人的车厢，都卖出了二百多张票，还是不能保证想去新疆摘棉花的妇女都能上车。

那个车厢，就像一个大集市，坐的、站的、挤着的、蹲着的，完全是浑然一体的。妇女们兴奋、紧张、茫然，也许还有一点点慌乱，但唯独没有焦虑。她们对即将到来的日子充满耐心的期待。

这趟行程五十多小时，到郑州还要转车。

在那遥远的地方

清明时节，细雨纷纷，山路弯弯，云雾缭绕。

青山环抱，绿翠葱葱，春意盎然，生机勃发。

就是那样的一个上午，一个既普通又特殊的日子，我们来了，我们汇集到与我们各自的家乡千里之遥的一座乡村敬老院。

瑞金叶坪乡叶坪敬老院。这样的一座普普通通的敬老院，已经出现在我们眼前了。

就这样，我沿着敞开的门走进去了。

红砖红瓦的平房，檐是绿的，窗栏是黄的，所有的颜色，都是那么的干净朴素，院落也是干净朴素的，空气也是干净朴素的，还有，最干净朴素的是那些笑容可掬的老人。

院子并不太大，一目了然的，我沿着院子各处，走走，看着，真的没有看到什么特别，真的不觉得这里有什么特别之处。

但是，我却深深地感受到一种特别特别的感受。一种很少有过的特别特别的感受。

那是一种气息，是一种深藏于大山之间、深埋于泥土之下、深隐于树林之中、同时又四散在生活的经经络络里的气息。从前以来，叶坪这片土地上，就一直飘荡着这种气息，就始终饱含着这种气息，就不断酝酿着这种气息。

于是，这里的一草一木，这里的一砖一瓦，这里的天与地、人与物，都被这种气息浸透了，理想的种子，在这里埋下去，又生长出来；信念的养料，也在这里遍布来着。与此同时的一百年时间，叶坪又将它们吸纳的这些气息经久不衰地散发开来，弥漫开来，让它们布满在这里的每一寸土壤和空气中。

这样的生生不息，叶坪乡的这座敬老院，便成为可以处处燎原的发源地了，在史册的每一页，我们都能看见有先烈的英灵从这里升腾起来，在过往的每一天，我们都能感觉故人的精神气在这里行走。

我跨进敬老院落的大门，我知道自己跨出了庄严的沉重的一步，即使不多久我们就会离开，而且，我们离开后，恐怕很难再次来到，但是，这一种的离开，却是永远的不离开，永远地留下了自己。

即使不可能再来，但内心里是一直想着还要再去的。

这就是这个地方的力量，这就是这个地方的奇特。

这里有一位老人，98岁的张茂钊老人。

他有一个特殊的名字：失散红军。

失散红军，这几个字，就是一部大写的历史，就是一段英雄的传说，就是我们今天想要寻找回来的曾经失落了的理想和信念。

在这里，它们从来也没有丢失过。它们一直就在这里。

张茂钊老人的一只眼睛已经失明，另一只眼睛视力也很差，他的牙齿基本脱落，说话不再清晰，加上乡音浓重，即使把耳朵凑到老人嘴边，也很难听清楚他在说什么。

但是老人的脸上，却闪现着心灵的光亮，显现着内心的力量和厚重。

多少年前，他失散了，他找不到那支队伍，他联系不上队伍中的任何一个人。他漂泊，成了一个孤独的身影。

一个孤独的人，在大山里坚守着自己的人生，他坚信，那支队伍一定会回来的。

所以，这个人是孤独的，但他的灵魂并不孤独，他的心始终和大家在一起，是那么地踏实，那么地热切，没有失散过，没有荒凉过，他的心始终系在那支队伍上，一直到今天，仍然如此。

因为很难和他交谈，我们也许无法完全知晓他的内心世界，也许不能清楚而完整地了解到当年以及这么多年来老人的经历，但是从老人仍然闪亮的目光，我们已经感受到了，许许多多。

其实，我可以去请教当地的乡镇干部，他们能够为老人家担当翻译，但是我没有这么做。

我之所以没有特意地去问“翻译”，没有去挖掘更细更真实的故事，我想，我要的可能就是这种特别的感受，感受着一位百岁老人的生命，感受他年轻时的留下的印记，感受他后来一个人走在路上的感受，感受一个年岁逝去、英雄气息仍在的老人的呼吸和他的深埋着的思想。

在一位失散的、并且几乎失明的老红军战士面前，我们看到了光亮。

那一天在叶坪敬老院，我走了又走，也不知道会走到哪里去，也没有想过要走到哪里去，但是我对于这个地方、对于这座敬老院的情怀，就是从那时候结下去的，对于这里的老人的崇敬之意，也是从哪时候开始产生出来的。

即使我走了又走，看了又看，我也不能很彻底地理解和熟悉这个地方，它们所容涵的博大情怀，它所承载的凌云壮烈，恐怕是我穷一辈子努力也不能望其项背的，它的廊上的一张旧藤椅，它的檐下的一盏红灯笼，它的院里的一块小草坪，甚至都够让我们惦念和体会大半的人生了。

我们走出敬老院的时候，许多老人站在那里，笑着，送别着我们，那么地亲切，那么地深情，那么地依依不舍，我无法表达对他们的敬意，我只能合十鞠躬感谢，我做不了更多。

忽然想到，这片土地，就应该是张茂钊的，许许多多的牺牲了的张茂钊和很少数的还活着的张茂钊，就是这片土地养育出来的。

这片土地，离我们生活的地方很遥远。

但是它离我们的心很近，很近。

一个人和一座城

古城淮安，古运河边，宋代的镇淮楼，明代的文通塔，两座古朴而又别致的古建筑，如同守护神般地护卫着淮安城里的街街巷巷。这在许许多多纵横交错的街巷里，有一条普通而又不普通、平凡而又不平凡的小巷，它就是后来被无数的人常常念叨、常挂于心间的驸马巷。

驸马巷是周恩来的出生之地。

一百多年前的1898年3月5日，农历2月13日，周恩来在驸马巷周宅的一间小屋里，发出了他的生命的第一声，周恩来伟大而又曲折多难的人生从这里开始了。

我们没有理由不永远地记住这个地方，周恩来的故乡淮安，故乡的那条小巷驸马巷。

周恩来的童年和少年，生活并不平安，虽然也有短暂的家庭的呵护，有生母养母奶妈三个妈妈的疼爱，但温暖的日子并不长久，迫于生计，年幼的周恩来跟随母亲数次迁徙，漂泊不定。9岁那年，生母和养母相继去世，从此以后，世态炎凉，更加成为小小年纪的周恩来的生存常态了。

尽管如此，尽管故乡留给周恩来的回忆，并不都是欢快和温馨，有许多是怀疑，是不解，甚至是愤懑，但是所有种种的际遇，并没有影响他对故乡的炽热的爱，深厚的爱，走出故乡的周恩来，永远铭记着乡情，永远寄托着乡愁。

那一张写字的小方桌，

那一棵百年的腊梅，

院子里的那一口水井，

还有城里的镇淮楼、文通塔，

还有大运河、南门大街……

故乡，无一处不牵动着周恩来的永远的思绪，故乡，无一人不是周恩来一辈子的惦念。

我们且听一听，周恩来在后来的日子里，吐露过的对于家乡的思念：

在离开家乡第31个年头，1941年，周恩来在重庆的一次演讲中提到了家乡，他说："母亲冷落的坟地还在敌占区，自己是多么希望能回家乡去清扫坟地上的落叶啊！"

五年以后，抗战胜利，周恩来率领中共代表团迁到南京梅园，这地方，离他的故乡已经很近了，但是周恩来并没有跨越这不长的距离，“三十六年了，我没有回家，母亲墓前想来已白杨萧萧，而我却痛悔着亲恩未报。”

1960年，周恩来向家乡来京的干部详细询问家乡的一草一木，一街一巷，儿时的记忆清晰地浮现出来，感慨万端：“是呀，我也想着回去看看呢，12岁离开淮安，到今年整整50年了。”

1965年，周恩来在新疆石河子农场对一淮安姑娘说：“热爱祖国的人是没有不爱家乡的。”

一直到许多年以后，周恩来还惦记着陪伴过他的童年生活的老宅里的那些事物，但凡碰到从淮安来的，或者去过淮安的人，他会经常问起庭院中的腊梅树。

一直到临终前，他还惦记着家乡……

半个多世纪的离乡的日子，周恩来时时把家乡挂在心上，但是他始终没有踏上回家的路。他一直在走着的那条路，却是为了让更多的人可以回家，让更多的人能够过上幸福生活的路。

就这样，一个人和一座城，一别66年，再不曾相遇。

只是我们都知道，一个人对家乡的感情，不会因为地理上的距离而受到影响，不会因为身在异乡而生疏淡漠，在周恩来的心中，家乡永远在那里。

在梦中，周恩来在家乡的文渠划船。在期盼中，他经常说，我一定要回去看看，在艰难的环境里，他常常恨不能立即回去约几位童年时的朋友，爬爬镇淮楼，放放风筝。

回家的愿意最终也没能实现，但是周恩来始始终终是和家乡在一起的，他对于家乡的关注和关怀，他对于家乡亲人的关心和呵护，点点滴滴，都流露出他的深厚浓重的家乡情怀。

——淮安史称“洪水走廊”，日理万机的周恩来亲自过问和指挥了治理淮河的硬仗，在国务院召开的会议上，关于治理规模形成两种意见，由周恩来最后拍板确定了“苏北灌溉总渠”的方案，“苏北人民在战争期间，上去那么多人，流了那么多血，出了那么多烈士，我们应该支持他们——”总理对于家乡、对于苏北人民的关切溢于言表——

——周恩来的八婶母病重期间，他特意给县委寄去200元，作为婶母治病和料理后事的费用，并再三强调，如不够请县里先垫付，事后再补钱。八婶母去世后，周恩来果然又补寄去尾欠垫款25元，并嘱咐对于八婶母的家人今后的生活费用均由他接济，请当地政府不要再给予特殊照顾。

一方面，周恩来对所有的亲戚要求非常严厉，不许他们有任何特殊待遇；另一方面，他始终用自己的心，用自己的钱，呵护和帮助着每一个需要帮助的人。

始始终终，重在一个“严”字上，又重在一个“情”之上。

就这样，一个人和一座城，半个多世纪的距离，一辈子的惦记。

城，因人而骄傲，因人而生辉；

人，因城而有情，因城而有义。

1959年1月，周恩来从广东飞回北京，飞机到淮安上空时，驾驶员降低了飞行高度，在淮安上空盘旋了三圈，就这样，总理在驾驶舱里，看到了淮安，相遇了日夜思念的家乡。

“淮安的变化不大，大运河、宝塔、镇淮楼都还在，只有南门大街好像变宽了。”

66年，这是周恩来唯一的一次亲眼看到的家乡。

这大千世界，各式人等，恐怕很难有一个人和一座城会是这样的关系，位高权重的国家总理，66年，就只有这样的一次，一次隔着时空的相遇，一次遥远的探望，一次与家乡的特殊的情感的精神的交流。

一个人和一座城，这样的一种关系，是前无古人后无来者的。

道是无情却有情，从来最苦是相思。

今天，我们站在淮安周恩来故居前，总理音容宛在，笑貌依旧，我们能够感受到，总理的伟大情怀在这里弥漫，总理的高尚品德在这里行走，总理的崇高境界在这里升腾，总理的精神气滋润和熏陶着无数的后来人。

今天，我们可以告慰周总理，您老家的梅花依旧盛开香如故，您一辈子惦念着的家乡，已经成为苏北大地上的一颗熠灿的明珠。

淮安，一个普通的名字，却又是那么的不普通。

淮安，一块平凡的土地，却又是那么的不平凡。

对于淮安，多少人心向往之，多少人敬重仰慕，多少人梦回萦绕。

这一切，都是因为一个人、一个名字。

周恩来。

第二部分

常来常往瘦西湖

或者在烟花三月，或者是细雨飘落，也或者，雨过天晴，甚至也可以是冬天，只要有一点点温暖的阳光，更或者，就是一个平常到不能再平常的日子，一个随随便便的日子。

到扬州去，到瘦西湖去，是不用挑日子的，每一个日子都是好日子，每一次看到瘦西湖，都是她最好的面目。

这一天，在与瘦西湖相遇的这一个时刻，也许你的心情恰是十分地宁静美好，或者，你正碰上了烦心的事情，有着烦噪的情绪，都无所谓，到扬州来，到瘦西湖来，随便地走一走，步行在岸上也好，坐船在水上也好，你走了一走，你看到瘦西湖的水在你的身边和脚下，你不一定要知道它来自何方，又去向何方，但是你已经真切地感受到了它的生命，此时此刻，你本来宁静的心就更宁静了，你本来烦噪的情绪，也平静下来了。

这是什么呢？

这就是瘦西湖。她已经流进了你的心田。

如果身边有三两个志趣相投的好友，当然是最好，如果你是独自一人，也不错，或者是参加一个普通的旅行团，跟着一面小红旗，和一群寻常百姓大妈大叔一起走，也很好。

瘦西湖是不挑人的，无论什么人来到这里，他就已经和瘦西湖紧紧相连、融成一体了。

这就是瘦西湖的魅力。

好了，今天我们已经来了，已经零距离地站在瘦西湖这里了。

故人一曲“二十四桥明月夜，玉人何处教吹箫”，拍唱了一千多年；“故人西辞黄鹤楼，烟花三月下扬州”，又让我们歌吟到今天，跟着历代文人的千古绝唱，我们来了。

既然瘦西湖是不挑时间、不挑心情，也不挑人，那么我们也就随意了，我们就随意地走一走，看一看，路就在脚下，就从脚下开始吧。

据说本真的瘦西湖，只是扬州城外一条普通的河道保扬湖，唐起至清，扬州盐业发达，巨商辈出，实力雄厚，争相围绕保扬湖占地造园，构筑胜景，于是，就有了“也是销金一锅子，故应唤作瘦西湖”；于是，就有了“十余家之园亭合而为一，联络至山，气势俱贯”；于是，就有了康熙皇帝、乾隆皇帝来了又走，走了又来；于是，就有了历代文人瘦西湖云集，并留下无数典籍诗文和优美的故事……

从保扬湖到瘦西湖，那可是富商大把大把砸银子砸出来的，是曾经富甲天下的扬州全城举力打造出来的，是下江南的帝王点赞点出来的，是历代文人吟诵出来的。

满月之夜，天上一个月亮，五亭桥下，水中十五个月亮，此情此景，人间天上，如梦如幻，真所谓："天下三分明月夜，二分无赖是扬州"；

湖中之岛，瘦西湖中小金山，小而精致，小而深远，小得有腔有调，是少少许胜多多许之小，真所谓："山不在高，贵在层次，水不在宽，妙在曲折"；

不胜枚举，举不胜举，钓鱼台、熙春台、望春楼、锦镜阁、白塔……

在这里驻足停留，在这里远眺近望，偷得浮生半日闲，轻轻的，静静的，感受一下你的感受吧，你已经碰见了杜牧、李白，或许还能和冯梦龙聊上几句。是的，千百年来，这地方被道德文章熏陶，被名人的气质浸透，知识的养料，也在这里渗足了。千百年来，瘦西湖将它吸纳的无数的气息经久不衰地散发开来，弥漫开来，让它们布满在瘦西湖的每一寸土地和每一滴湖水之中。这样的生生不息，时隔数千年，我们仍然能够感受到，故人的精神气还在这里升腾。

这是瘦西湖魅力之根本。

瘦西湖是美的，她的美不仅是自然景色的美，更在于她的丰富的人文积淀，那许多的传说，许多的故事，许多的篇章，造就了瘦西湖的灵魂。

而瘦西湖，则是扬州的魂，是扬州的梦，一个现实的梦，一个真实的梦，一个比梦更美好的真实的梦。

这就是梦想实现。

还有什么比梦想实现更令人振奋，更令人热血沸腾。

但是瘦西湖却不是沸腾的，它是安静的，它是低调的，无论它拥有多么婉丽的姿色，它都是质朴的，无论它的名声有多大多远，它始终是“瘦”而“小”的，正所谓天下西湖，三十有六，唯扬州西湖，占得一个独特而又恰如其分的“瘦”字。

怎一个“瘦”字了得。

“瘦”字的后面，或者前面，或者它的左右前后上下四周，都是一个“清”字。

现在我们走得有点累了，好吧，到依水的清幽茶社，泡一杯清香的、绿雪般的清茶，或近或远地望着清清的湖水，岸上清绿的树木，清风轻轻拂面，清淡的日子轻轻地飘逸，好一个清静悠闲的去处，好一块清心自然的地方。

这也是瘦西湖的特质。

曾经是帝王巨商的最爱，却无浮华富贵之意，曾经是风花雪月之所，却也少一些妖娆，多一份清爽之气质。也许是挑剔的历史已经将富贵沉淀，也许是固执的文人选择了他们之所爱，于是，今天在我们眼中的瘦西湖，就是“瘦”的。

在一个追求利益最大化的时代，瘦西湖始终都是瘦西湖。

如果瘦西湖是一本书，这就是一本永远也读不厌，永远也读不完的书，因为它是有层次的，是层出不穷的。它展开无数的故事的篇章，它可以让我们想象的翅膀飞向无限。

如果瘦西湖是一颗奇异的珍宝，那么在它的四周，还散落着无数的宝贝，琳琅满目，遍地玑珠，于是，瘦西湖以水作绸带，把许许多多散落的珍珠串成一体，就这样，今天的瘦西湖风景区，就是一顶镶满了钻石的皇冠。

今天，现在，此时此刻，站在瘦西湖这里，尽情地呼吸着她的醉人的气息，尽情地欣赏着她的常看常新永不褪色的画面。忽然就想，从前，只有帝王和富商能够在这里赏景，今天，瘦西湖已经成了天下最普通百姓的最精美又最普通的往来之地。

真好。

泰顺的村庄

有一座小村庄、古村庄，在浙江温州泰顺县，它既普通又典型，普通到不能再普通，同时又典型到不能再典型。

村中小路蜿蜒，旧檐老墙斑驳，大院里空旷荒芜，和天底下许许多多的村庄一样，年轻人外出了，留下少许不愿离开或不能离开的老人，在村子里继续着他们平静而漫长的生活。

某一天，我们一群人来到了这个小村子，但是，我们并没有惊动这个安静的世界。

这个世界有它自己的气场，这个气场，我们无法惊扰它。

甚至都没有零星的鸡叫狗吠迎接我们，我们踩着村庄小路的石子，走进一些旧宅老屋，说话声音都放低了，连脚步都是悄悄的。

就这样，我们无声无息地融入了这个陌生的、遥远的、却又是触手可及的村庄。

我的家乡苏州那里，也有许多古村落，明月湾，堂里村，陆巷，杨湾……无不是我梦回萦绕之处，无不是我心灵向往之地，我闭上眼睛也能勾勒出它们的风貌，即使身在异乡，我也经常与它们相遇，它们是我人生最珍贵的收藏，它们是我内心最柔软的部位。

奇怪的是，这一天早晨，就在我走进泰顺的这个小村庄时，我内心最柔软的部位被拨动了。

这里是浙江最南部、和福建交界的地方，这里的乡村，无论是村庄的整体布局，还是建筑风格，无论是风刮过的气味，还是池塘水的颜色，甚至是天空中飘过的云彩，都和我家乡的村庄不甚相同。

但是，我却在那一瞬间接收到了熟悉而亲切的信号，我觉得我是认识它的，我甚至觉得我是见过它的，我曾经来过这里。

细细长长、弯弯曲曲的村中小路，很长时间，一个行人都没有，一眼望过去，这里像一座被废弃了的村庄；跨过门槛，踏进大院，更是空空荡荡，有些阴郁，有些神秘，似乎隐藏着许多奇特的故事。

再往里走，终于看到村庄里的村民了，一两个，很少很少。

在一个很大的一眼望不到尽头那样大的院落里，在一个置放着各种旧物杂物的院落里，在一个墙角，有一位老人靠在一张旧藤椅上晒太阳，如果粗疏一点，我们甚至无法发现老人的存在。但是我们会细心的，我们十分地细心，我们会看到老人的。我们就是来看他的，我们不应该看不见他。

在另一个院子，同样是一位老人，他在厨房的灶下忙碌，并不在意我们朝他的厨房张望，我一度非常想进去看看他的锅里煮的什么，但是最后我放弃了这个想法，似乎是不想打扰他，也不应该打扰他。

再进一个院子，仍然是一位老人，老奶奶抱着她的孙子，神情友好又坦然地看着我们，我们也一样，友好而坦然地看着她和她的小孙子。

此时此刻，我在想些什么呢，她在想些什么呢？

我们从一个大院出来，又进了另一个大院，这个小小的村庄里的大院真不少，大院连着大院，大院的开间都很大，院墙下半截多为石筑，院内房屋则多以木板为墙，木作雕刻十分精致，内容丰富，几乎每一家的门楼上都有对联、匾牌，依稀可见的内容有：

鹤语春秋

身齐律度

等等等等。

我总共在村庄里看到几个人？

三个？四个？

寥寥的几个老人，承载着无数的故事，承载着村庄的历史，承载着时代潮流奔涌时保存下来的珍贵的记忆。

一直往前走，人，一直很少，村，仍然寂静。虽然人少，虽然寂静，生活的烟火还在这里弥漫着，历史的光芒也依然在这里闪烁，这是我们童年的记忆，这是我们儿时的生活，这是中国社会曾经的写照，这是现代文明出发的地方，这是喧嚣世界的另一面。我们来到这里，重温了许许多多的东西，足够我们在今后的漫长路途中慢慢回忆，久久品味。

就这么在泰顺的一个小村庄里转着，一路走着，一眼久违了的土灶，一张破裂了的长条凳，一只生了锈的铁壳水瓶，都在内心荡起一些情感，是不是因为，这些年来，我们走得太快，我们丢得太快，将这些普通而又朴素的生活场景遗忘了。

平时的我，不是一个拍客，走到哪里都不愿意东张西望，都无甚惊奇。紧张的生活节奏，焦虑的思想和灵魂，让我们对许多东西都已麻木，眼睛里已没有了色彩，耳朵也听不进曼妙之音，情绪之门总是关闭着。

却在那一个秋天的早晨，我走进泰顺的这个古村落，忽然有一股灵动的微风扑面而来，穿越了我的身体和灵魂。我听到了一个声音，一个声音在我心里说话了。

我取出手机，十分不熟练地开始用手机拍照。

我特意打听了这个村的村名，为了牢牢记住它，我又特意找了一张纸，把村名记下来，以为这样就万无一失了。但是这张记录着村名的纸，后来却怎么也找不到了。因为有了纸上的记录，就没有再用心去记忆，一直到现在，我也没有能回想起来，这个村子，它到底叫什么名字。

我到底是把这个村庄的名字留在村庄里了。

庆幸的是，虽然没有得到名字，但我得到了它的气息，得到了它的滋养，所以在离开它以后的许许多多的日子里，它是会始终存在的。不仅存在于我的手机相册里，更存在于我的精神世界里。

我想我应该不会忘记那个不知名的村庄，这不仅因为我拍下了一些照片，更是因为我们对这样的村庄，有更多的想法，有更多的情感寄托，所以，这个没记住名字的村庄，我是永远地将它带走了。

泰顺是廊桥之乡，到泰顺来的人，大多是来看廊桥的，我们也看了廊桥，我们为廊桥所震撼，甚至为廊桥骄傲。

只是，更让我流连忘返的却是那座默默守着旧日时光、与新世界遥相对望的小村庄。

东关街随想

那天走在东关街上，已是傍晚时分，因为白天天气好，傍晚也就显得特别的清爽，不仅是天气的清爽，空气的清爽，街也清爽，人的心情也清爽，白天的游客已经散去，晚上的行者还未出来，所以街上人不多。

人虽不多，东关街却一点也不冷清，零零散散走着的行人，散发出快活轻松的节奏，随心的，自由自在的，他们的表情，他们的气息，让此黄昏时的东关街，又添了一份喜庆，有一份看起来并不热闹的热闹。

我们从东关街的入口处朝里走，朝东关街的深处走，街两边是旧式的房屋，是明清的传统样式。这自然是修成的旧式，或者是新建的旧式，却因为东关街的古旧气氛始终还在这里徘徊，历史的浓墨重彩也未曾磨灭。所以，即便是新修新建的旧，也仍然能够让人的内心荡起层层的涟漪，如烟的往事如蓝天上的白云又飘过来了。

东关街，曾经就是扬州最赞的一条街，许多人用“繁华”来形容东关街，而我的感觉，繁华是它的一个表象，在它的内里，有着比繁华更丰富的内涵。说它繁华，是因为这里商贸密集、人气兴旺，而与这样的繁华热闹同在的，是它的小巷深深深几许的宁静，鱼骨状的街巷体系之中，遍布着的深宅老院，精致小园，名人故居，许多年许多年的日子里，商业气和书卷气在这里同时升腾、弥漫，许多年许多年的日子里，东关街将繁华和宁静吸收进去，又吐纳出来，年长日久，把老街熏陶得如此别致。

商业气和书卷气，本来是很难为融合成一气的，但是在东关街，它们却是和谐的，它们互相容纳，它们互相弥补，它们从两个不同的侧面共同造就了东关街的特色。

一千多年过去了。

一千多年过去以后，今天的东关街，全长1千多米的老街上，仍然有着50多处盐商大宅、寺庙书院、老树古井等重要历史遗迹；同时，东关街商业重地的名头，也依然响亮辉煌，富有浓厚传统色彩的手工艺、特色小吃、商业老字号，依然遍布于此，其中，仅餐饮业，就有24家。

看起来是嘴馋了，或者是饿了，这么多的特色店，这么多的老字号，怎么就专拣餐饮说事呢。

那是，民以食为天么。何况，今天我们来东关街，还真就是冲着吃来的呢。

我之于吃，一向是感兴趣的，每每外出参加会议或什么活动，先要看看会议的日程，晚餐在哪里吃，明天的早餐又如何，明天午饭怎么样，都是我喜欢操心的事。

扬州的晚餐是在一个叫“街南书屋”的地方，我先看了一眼这四个字，可是没有记住，过了一会，又把那张日程表拿出来看一眼，放下后，又忘记了，上了年纪记性差那是事实，但可能还有一个蛮重要的原因，就是这四个字不像是吃饭的地方，倒像是让我们去读书开研讨会呢。

现在，在这个清爽的傍晚，我们正走在去往“街南书屋”的路上，这条路就是东关街，“街南书屋”在东关街的那一头。

我们终于穿过长长的曲曲弯弯的街，来到了“街南书屋”，这果然是个书屋，进门的大堂里，布置着各种书籍和文房四宝，虽然灯光有点暗，但不影响我们小心地怀着敬重的心情和它们打招呼，我们细细地研读着一字一句，一图一像，哪里像是来吃饭，更像是来朝圣的。

穿过大堂，又绕过几条走廊和过道，终于，我们看到晚饭的餐桌了。

它搁置在“街南书屋”的最里边的一进，面对一个小天井，天井里有叠石树木，这可是典型的园林人家的园林生活呵。

用“街南书屋”这样的名称来命名餐饮饭店，这是东关街留给我的一个很深的印象。于是，人在吃饭的时候，常常就会联系到书，联系到读书，联系到很多与书有关的内容，其实本来，读书也是用餐，那是精神的大餐。

或者，“街南书屋”根本上它就是一个书屋，只不过是一个有地方吃饭的书屋。

我觉得它更像后者。

晚上在回住处的路上，我已经在看明天的行程了，明天的中午，是在一个叫“皮包水”的饭店吃饭。

从“街南书屋”到“皮包水”，光从名字上体会，我们似乎从扬州的这一头赶到了扬州的另一头？

第二天，当我们游了瘦西湖、大明寺，又前往天宁寺听了关于《四库全书》的许多精彩片断后，车子把我们载到某一个地方，停下来，我们被告知，从这里走进去，就是“皮包水”。

这才发现，原来这个“皮包水”，也在东关街。

原来这条东关街，容纳了各种风种却又纹丝不乱。

很快，我们在东关街找到了“皮包水”，这是一家普通的民间饭店，没有包间，只有大堂，大堂里挤得满满的，桌子与桌子挨得很近，端菜的服务员得小心翼翼地穿梭其中，免得汤汤汁汁泼洒到客人身上。和昨天晚上南街书屋精致典雅、宽大安静的独一桌相比，真是大不同的两类风格两种气场。

一桌又一桌的外地人、扬州人，在这里品尝最有扬州特色的美食，这里升腾着民间的幸福和普通老百姓的满足，这里体现出世俗的烟火气，让我们体会了现实鲜活的扬州生活。

评话表演艺术家的扬州曲艺，更是给这个“皮包水”增添了独一无二的扬州趣味，和我的家乡苏州茶社里那一曲弹词开篇，有得一拼。

我们从“皮包水”走出来，再一次踏上东关街，正午时分，人多了起来，街两边的商店也正热火朝天地做着生意，但奇怪的是，街上并不嘈杂，也不混乱，与昨天傍晚安静中的热闹相比，这会儿则是热闹中的安静。

我们到过不少的历史文化街区，常常会碰到两难的尴尬，希望静一些吧，就希望人来得少，或者采取什么方法限制人流。但是，限制了，人来得少了，经济收入就低了，知名度也打不出去。对于古旧的历史街区，我们常常希望它既是古旧的，同时又应该是有现实的烟火气的，但是一旦有了烟火气，常常就伴随着脏乱差；如果要想干净整洁宁静，就难以展开百姓的日常生活。

我们到底要哪样呢?

到底怎样才能将这两者调适至恰到好处呢。

在东关街，我惊喜地发现，它竟将两者兼顾了，“街南书屋”和“皮包水”，两个同是吃饭的地方，却是两种不同的风格，而不同的风格又都是属于扬州的，是扬州风格，街南的典雅精致，水包皮的世俗风情，都是扬州的典型代表。

东关街，它是一幅双面绣，一面承载了历史留传的深厚文脉，另一面展现着紧接地气的百姓生活，这就是历史的东关街，这就是东关街写书的历史。

又感觉东关街是一台时光机，走在这里，你既置身在千年历史的长河中，瞬间又切换到当下的平常日子里，像是一种转换，像是一种挪移。

其实是没有转换，其实也没有挪移，历史和现实，它们就在那里，它们就共同地存在在东关街上。

从山塘街到鼓浪屿

山塘街在我的老家苏州，鼓浪屿是舒婷的家，相距千里以远，却有着相似相近的记忆。老街，旧宅，烟火气；石板，青砖，古树；钢琴声琵琶声此起彼伏，海浪刚拍岸，小桥又流水……据说，它们现在被认为是中国五大最美城区的老大和老二。其实，居住在这里的人，可能无意于老大老二还是老几，我们在意的是街区的气息，我们留恋的是持久的气韵。

所不同的是，舒婷就住在鼓浪屿的一条老街上，而我居住的地方，即使同在苏州城，与山塘街也是南辕北辙。但是我不怕远，不怕麻烦，我会经常去山塘街走一走，当有朋自远方来时，当忽然没来由地想念山塘街了，当知道山塘街开出了几家好的餐馆，当什么什么的时候，我就会到山塘街去了。车子停在车水马龙的大马路上，过桥，下十几级台阶，就忽然地换了一个世界。安安静静的古老的山塘街就在桥下，就在我们的眼前，从遥远的历史中突然地显现出来了。

记得十多年前，舒婷曾邀约我去厦门。去厦门等于就是去鼓浪屿，因为恐怕没有什么人，到了厦门而不登鼓浪屿的，鼓浪屿和厦门似乎早已经是同一个概念的两个不同名称。

可惜的是，十多年前的那一次，我去了厦门，也去了鼓浪屿，而且是应舒婷之约而去的，结果因为种种天不作美的原因，我到了鼓浪屿，却没有看到舒婷。记得那是一个春天，我们从泉州参加一个活动，活动结束大家分头而散，我经过厦门准备从这里乘坐飞机回家。只是当年的交通，远没现在这么发达，什么时候想走随时都可以走。那时候为了等票，总会耽误上一段时间，而我们的心情和情绪，也不像现在这么焦虑毛躁、火急火燎。等票的时候，不正是我们欣赏祖国大好河山的好机会吗。

何况是在厦门等票，何况厦门有鼓浪屿。可是偏偏舒婷不在，我在厦门那就是两眼一抹黑，幸亏那一次的活动中，结识了北京的一位记者，他在厦门有个朋友，是在政府机关工作的，我自然就赖上他了，靠着记者朋友和他的朋友，我去了鼓浪屿。至今我也无法用某些词汇来描绘鼓浪屿，我只是说，如果先前我曾经梦想过鼓浪屿，那它就是我梦中的样子。

在鼓浪屿的沉静的悠远的气息中，我忽然就想家了，想家乡的山塘街了。在鼓浪屿的某一幢墙面斑驳的旧宅前，在鼓浪屿的某一条蜿蜒细长的小巷里，我会以为我已经回到了家乡。

曾经的苏州城里曾经处处都是山塘街，山塘街曾经就是我们的窗景，就是我们挂在墙上的画，推开前门，打开后窗，家家临山塘，户户尽枕河。但是现在，我必须要到山塘街去寻找这些曾经的生活常景了。

幸好还有山塘街。

我想，鼓浪屿也会在过程中丢失一些什么，曾经是世外桃源的鼓浪屿，如今有越来越多的人远足而登，但鼓浪屿永远就是鼓浪屿，她永远是色彩和音乐的巅峰，她永远拥有精神和物质的双翼，她停在海里却又飞得很高。居住在鼓浪屿的舒婷永远让我们羡慕妒忌不恨。

前不久，我又去了厦门，这回的情况恰好倒过来了，我见到了舒婷，却没有去鼓浪屿。其实，无论见与不见，无论到与不到，这个地方和这个人，会一直在我心头搁着的。

我在想，什么时候舒婷来苏州，我得和她一起去看我们的老二。

在时光中行走

深秋了，有些凉意了，但还不是那种刺骨的尖利的凉。

因为天气好，太阳将凉意晒得有些柔软，有些温和；而太阳，也因为深秋的凉意的抚拂，体现出了它的柔软和温和。

就是这样的一个日子，我们一路往北，再往北，到邳州，这是江苏省最北边的一块地方，是江苏正北的一扇门，一扇窗，一个交界处，一脚跨过去就是山东境内了。

现在我们来了，站在这块江苏的“北地”上，感受着这个“北”，却不是印象中的那么坚硬，也不是想象中的那么凛冽。

一切都是那么的和谐。气息是宁静的令人神往的，空气是清新的带着甜味的，心情是美好而激动着的。

因为在我们的面前，满眼的，满天满地满世界的，都是银杏树——我们来到了著名的银杏之乡，我们是来看深秋的银杏的。

现在，此时此刻，我们就在美色的包围之中了，我们在成熟的饱满的气味里，在金黄色的天地里，闪亮得似乎灵魂都跃动起来，浪漫得仿佛身体都飘浮起来。

是银杏，给了我们如此的馈赠；

是银杏，让这片土地变得柔软、温和，却又不失大气，豪放依旧；

是银杏，让邳州这个地方变得更加有名，更具魅力。

于是，我们来了，于是，许许多多的人，认识和知道邳州的人，或者从前不认识甚至完全不知道邳州的人，都来了。

并不是双休节假日，交通也不能算特别方便，但是这里游人如织的情形，令我们十分吃惊，大家既激动又安静地走在这条道路上，这就是著名的“银杏时光隧道”。

并不是头一回见到银杏树，银杏树在我们的日常生活中也许是常见的，但是在我们曾经的记忆中，在许多人的心目中，或者想象中，银杏树总是要和其他东西相配的，一座中式的老旧庭院，庭院中的一棵银杏树，给典雅的院子平添一份活力；一条老街的街角，一口水井，依傍着一颗银杏树，给充满烟火气的日常生活，增添了一份典雅；或者，那银杏树是在大师的画作中，那是一种无声的回响，唤起人们心中的热情……

似乎，从前在我们印象中的银杏树，都会配以其他一些东西，而今天，我们面对的银杏树，不需要任何陪衬，它们就是银杏树，不是我们通常所见的一棵或几棵银杏树，而是大片大片的，是银杏的海洋，是银杏的世界，是银杏的天下。

试想，从前，深秋里的一棵银杏树，就足以让我们动心，让我们浮想联翩，让我们流连忘返，让我们拍个不停，赞叹不已。

而现在，出现在我们眼前的，不是一棵，不是两棵，甚至不是几十棵，这真是太奢侈、太惊艳、太震撼，头一次看到银杏树如此之多地集中在一起，它们是如此地紧接地气，如此地相互紧贴，不用陪衬，不用点缀，大片大片的，有如看大片的感觉，但它是真实的鲜活的大片，是触手可及的，不是虚拟的。

金黄的，闪亮的，目不暇接的，我们眼花缭乱了，心也乱了，心跳加速了，然后，乱过之后，又平静了。

悄悄地拣几片金黄的落叶，夹进笔记本白色的页面里，将现实生活中已然少见的浪漫情怀，收藏起来，带回家去。

这是邳州银杏引导我们的一次精神之旅，这是邳州银杏赠送我们的一份心灵之礼。

行走在银杏时光隧道的途中，我忽然分了一点心，我看到路的一旁，专门辟出了一块地方，已经形成了一个小集市。自从时光隧道的名声传出去之后，来旅游、来观赏银杏的人越来越多，附近村子里的农民也就有了一个新的展示自己的机会，他们纷纷把本地的小吃土特产摆到集市上，让远方的朋友，让外来的客人，在观赏银杏的同时，能够通过另一种方式体会生活这个曾经无人关注的苏北小村庄的滋味。

于是，我们在这个小集市驻足了，饶有兴致地看着这些曾经是我们生活中的最爱、后来又逐渐消失了的食物，都有点嘴馋了，买了麦芽糖，买了花生，买了童年的印象，买了过去的日子，生活的烟火气就在美景如画的这里升腾起来了。

这是别的旅游景点不多见的生活常态，这里没有粗糙的旅游纪念品，也没有高声吆喝的买卖，只有乡土的气息，只有纯朴的气韵。

这个小集市，使得银杏的美，更有了生活的真实感，让我们知道，我们的生活，就如这里的银杏一样，本来就是自然普通，本来就是深扎泥土，美，就在我们身边，美，就从我们脚下的泥土里生长出来。

如果说，铁富镇姚庄村这个本来没有多少人知晓的苏北小村庄，因为一条“银杏时光隧道”而吸引了众多游人，那么，邳州这个种植银杏历史悠久的银杏之乡，如今已经以银杏之名为天下人所知，几十万亩、上千万株，无论是有1500年树龄的树王，或是有着动人传说的神树，还是新近生长起来的小树，这里的许多数字，代表了邳州银杏的质与量，展现了邳州银杏的昨天和明天。

一缕缕的阳光从树的缝隙中洒下来，我们的心灵像被清水洗过后那般洁净，与深秋的银杏树在一起，你能想到的就是：干净，纯洁，安静，敬畏，境界，等等。

银杏是贵族，是金色的皇冠；银杏又是平民，是普通的日子。

多情多义、意境幽远的邳州银杏，我们会将你永远地定格在我们的人生相册里。

大海 新区 古地

连云港海边，有一个名叫金苏的古老的小村，村里有一座名叫崇善寺的庙宇，一千多年前，有一位僧人在寺庙的门前植下一棵银杏树。

这是一幅再日常不过的画面。

一千年过去了，今天的我们，仍然能够看到那个画面，仍然能够感受到它的宁静、淡定和空灵。

我们也许无法清楚地知道这位高僧姓甚名谁，我们也许无从细致地查考这座寺庙曾经的兴衰，但是千年古树一直还在，它虬枝峥嵘，穿空入云，它年年岁岁经历着时代的变迁，它一次又一次见证着历史的进步，它敞开着充满朝气的身躯、展放着永不凋谢的精神气，将千百年来发生在这片土地上的一切，尽情地吸纳，尽情地拥抱，又尽情地将它们释放出来，浸染这一片大地和这一片大海。

古树无言，大地有知。

就在三十年前，它脚下的这片大地，如一幅崭新的历史长卷，拉开了它的崭新的序幕。

1984年，国务院批准连云港经济技术开发区的设立，这个区域，有着她的独特的区位优势。在地理位置上，向东，她面朝大海，依托着连云港港口，朝向大海出发，她可以向全球航行；向西，她是陇海兰新线铁路的起点，沿着铁路西行，几乎横贯了大半个中国。因为傍海依山，这个区域的自然景色是美丽的，而更壮美的是，这里的人们，用了三十年的时间，将人文之美、将经济之壮、将社会之和谐，写在了126平方公里的热土上。

我们赞美开发区三十年的成就，赞美她用了在人类历史上十分短暂的时间，建成了医药、纺织、电子、化工、食品、机械、建材等一大批大中型企业，吸引了日本、韩国、法国、意大利、美国、澳大利亚以及台湾、香港等35个国家和地区的客商进区，已经拥有4个国家级重点高新技术企业，8个省级高新技术企业，9个在国内同行业排名第一的企业……

这些数字很过硬。三十年前，在这片土地上，这些数字的基数几乎都是零；今天，这些数字明明白白地告诉我们，开发区是一艘正在向着美好明天扬帆远航的现代化远洋轮。

数字是过硬的，数字中体现出来的内涵似乎也是坚硬的、刚强的，我们赞美这种拼搏精神，但似乎内心深处，又有些隐隐的疑惑和不安。在连云港海边的这片土地上，是否都已是钢筋水泥的世界，曾经有过的历史的积淀，延续数千年的文脉，它们可还安好？

走一走连云港开发区，才知道，这种担心，这种疑虑，是多余的了。

只说一个中云。

中云是开发区的一个街道，位于云台山脉中部，这是新兴区域中一段古老而珍贵的地带。

远古先民留下的藤花落遗址，历经数千年风雨洗礼的史前文明，至今仍然无言地证明着曾经的存在和曾经的辉煌；

中云台山脚下的千年古刹崇善寺，虽几经兴废，数度修缮，却仍然保存着它的庄严肃穆和精致大气，梵音依旧绕梁，炉香依旧氤氲；

走进遗迹遍布、鬼斧神工的云龙涧景区，云中大佛，天狮望月，饮马槽，女峰，剑壁，坐望亭……念叨这一个又一个的名字，就已经置身于时空的穿越之中了。

是的，开发区开发了一个新世界，但更可贵的是，传说仍然在这里传说，民俗仍然在这里延续，让我们欣慰地感悟到，面向未来，不是为了忘却过去，更不是为了丢掉过去。

那棵唐代高僧值下的千年银杏，正与开发区的新地标交相辉映，它们互相呼应着，辅衬着，共同绘成了今天开发区的新图卷。

于是，我想到了平平常常的十二个字：

大海，新区，古地；

昨天，今天，明天。

金湖观荷记

江苏淮安金湖万亩荷塘，是早就听知了的，近些年好像名声也越来越大了。可惜的是，虽然去过金湖好几次，却次次都没有赶上看荷赏莲的好事，不是去早了，就是赶晚了，总之似乎永远就是擦肩而过。中间倒是有一次，是六月份到的金湖，荷花差不多已经开了，虽然还不很茂盛，但也已有一点“映日别样红”的意思了，记得那一次从南京过来，进入金湖，道路两边，满眼都是荷花塘，满眼青绿，虽然艳红少了一点，但已足以让人惊叹让人陶醉。只是那次的会议，只安排了半天的时间，会议结束，就匆匆返回了，没有看到万亩荷塘荷花盛开的壮丽美景，但是因为那是一次诗人的研讨会，在诗人的诗作中，应该是有荷有莲的，就算作是一次精神的观荷之旅了。

后来凡有机会提及金湖的荷莲，我都会说，我去过，看过，道路两边的荷塘，十分壮美。于是大家都笑话我，那算什么，你看到金湖万亩荷塘，那才是真正的遍地美色，满湖仙气呢。

于是就只能在愿望中等待了。

其实不用着急，有缘总有相会时，时节不负有心人，今年终于赶上了趟，八月初，荷花盛开的日子，我们来了。

从金湖县城出发，车程大约四五十分钟，中间经过一两个弥漫着亲切而又熟悉、近切而又遥远的乡村烟火气息的集镇，就到得金湖闵桥镇，这就是万亩荷塘的所在地了。

第一站进入的是百莲园，这是万亩荷塘中今年新辟开出来的一个小区，引进了数以百计的莲花品种，这也是我忽然生出来的第一个疑问，在从前过往的许多日子中，我们经常谈论荷花、莲花、耦、莲蓬，等等，其实坦白地说我还从来没有认真地想一想它们之间的区别和联系，我甚至都不知道我的无知。

现在我知道了。

虽然这是头一次来到万亩荷塘，但却早就知道这城有一个百荷园，而现在我站在百莲园的入口处，忽然间就想，百荷园和百莲园有区别吗，它们竟然是一回事，还是两回事呢?

我的疑问立刻得到了明确的解说，金湖的东道主和我的同行们，用最简明扼要的语言，说清楚了。

飘浮着的是莲，站立着的是荷。

此时此刻，无论是飘浮着的，还是站立着的，满眼的莲荷已经扑面而来了。

这真是一个观荷赏莲的好日子，没有火辣辣的大太阳，不用急急赶路，我们尽管悠闲着性子，缓慢地穿行在荷塘之间，弯弯曲曲，折来绕去，将水中的仙子看个够；也没有狂风暴雨，不用到处躲藏，尽管放开步子，往荷塘最深处走去，和荷莲零距离的接触、亲近，深深呼吸荷花塘散发出的天然的气息。

偶尔有丝丝的小雨，而且，下几滴就停了，在炎炎夏日酷暑中，竟然有这样一个舒适惬意的阴天，凉爽而清新，我们不仅赶上了好时节，我们还赶上了好天气，人人心情大好，纷纷拍照，如我这般平日懒得照自我，也懒得照现实的懒人，都忍不住拿出手机，一路拍过去。而金湖的一位摄影家老师，则把我们当成了荷莲，我们在拍荷莲的时候，他一个劲地在拍我们，这真是“我在桥上看风景，看风景的人在楼上看我”。

金湖的万亩荷塘，本来只是金湖农村纯自然的农耕图，它的实用性远远大于它的观赏性，而如今，金湖人将到万亩荷塘打造成了一处旅游的胜地，南来北往的游客，已经将金湖荷塘的风光和它的美誉度、知名度带出了金湖，带出了江苏，带到了很远很远、更远更远的地方。

有一家老小还带着宠物狗，一起在这里玩乐；有许多前来游赏的妇女和当地卖菱卖莲的妇女讨价还价；有年轻的情侣在这里听导游讲蜻蜓和荷花的传说故事，知道什么叫“小荷才露尖尖角，早有蜻蜓立上头”……

当我在写作这篇小文的时候，我又把手机中的金湖荷塘的照片翻出来看了，我重新又回到了那一个难忘的上午，我愿意在那一个平常而又不平常的上午多多地停留一会。

存留在手机里的图片，让我又一遍地赞叹，但忽然又让我觉得有些遗憾，美轮美奂的荷莲，我却叫不出它们的名字来，我记得很清楚，当时导游一边走一边给我们一一介绍它们的冠名，几乎每一个名字都特别动听，也特别相衬，甚至还有许多稀奇的外国名字，想必是外来的品种吧，我特别想用心地一一记住它们的美名，可能是因为名字太多太美，搞得我最后连一个也没记住。

我并没有因为记不住它们的名字而懊悔，因为我记住了它们的共同的名字：金湖万亩荷塘。

无论是飘浮着的，还是站立着的，它们都用自己的努力装点了美丽的家乡。无论是飘浮着的，还是站立着的，它们的根，都牢牢地扎在泥土深处，所以，它们是地久天长的。

深呼吸

终于熬过一个漫长的干枯的苦夏，在惬意秋凉中一个美好而滋润的日子里，我们来到了一个美好而滋润的地方——泗洪洪泽湖湿地。

没有钢筋水泥，没有高楼大厦，没有扬尘飞土，也没有车水马龙。

满眼是水，满眼是润，满眼的青绿，满眼的鲜活。

就在那一瞬间，湿地的沁人的气息，湿地的独特的魅力，湿地的令人艳羡的生态，湿地的所拥有的一切，已经弥漫了我们的身心，我们用力地呼吸，空气是清甜的，我们四处寻望，大地是生动的，宁静的，我们庆幸，在这样一个对的时间，来到这样一个对的地方。

不知不觉中，我们已经被她俘虏了，降服了。

真是不得不服的。

穿过长长的弯弯曲曲的建在水上的木栈道，就到了我在湿地的家——一座架在水上的小木屋，朴素而温馨，居家的感觉油然而生。

水在屋下静流，水在四周环绕，水在近处低吟，水在远处跃动，本就来自水乡的我，竟被苏北大地上的这片水打动了，迷惑了。

其实，关于水，关于泗洪湿地的许许多多，还刚刚开始呢。

天气是湿润的，湿得有些沉闷，似乎晚上应该有一场大雨。

这场大雨在半夜时分真的来了，来得那么猛烈，来得那么巨大，下得那么长，下得那么透，几乎整整一夜，在城市里，从来没有听到过如此之大的雨声，打在木屋上，打在雨棚上，打在水面上，从水开始，又到水中去。水融入水，是一个现实的水世界。

听着雨声入梦，那梦也做得和平时不一般了，依稀中，我仿佛回到童年，又仿佛飞向了未来。

难道水是人类的童年吗？难道水是人类的未来吗？

在我们童年时代，水就是这么地自然，那么未来的水呢，也还会那样清澈吗？泗洪洪泽湖湿地用她的现实的水，无言地告诉我们，会的，只要人类明白了一些道理，未来就会是一个纯净的世界，就像现在的洪泽之水。

雨终于停下来，天也亮起来，我们迎来了一个既湿润又凉爽的早晨。

竹船在湖边等着我们，竹船上有小竹椅，坐在小竹椅上，像是回到了曾经的农村生活的日子。我们在湿地里漫游，看到水车，看到渔网，看到农耕的气象。

船在河里道拐了一个弯，我们的视线中，就只看到芦苇了。望不到尽头的生长茂盛的芦苇，在这块湿地中，多达7000多亩。闭上眼睛想像一下呵，7000多亩的芦苇，不是迷宫也迷人呵。

我们知道这里还有千荷园，虽然没有赶上荷花盛开的季节，这个时节已是接近残荷的日子了，但是我们完全有能力想像在广袤的泗洪湿地之中，88亩荷园，10万株荷花，8条共计8.8公里的荷花观光带，那是何等地壮观，何等地惊艳。

船一路前行，鸟在船前飞翔，鱼在船尾腾跃。低头看水，水是清绿的，透明的，看见鱼在水中畅游，想这泗洪，有着166万亩的水体，那真是水阔凭鱼跃啊。

抬头看鸟，看见各种水鸟在近处，在远处，在小憩，在飞翔，恣意悠然，好一派田园风景。

忽然间，一处景象吸引了我们，远过望去，某处水渚停留着一大群种类不同的鸟，好些个大型飞鸟，姿态相同地用独脚站立，一动不动。大家哄然议论起来，这真是煞风景，在这么美的景色里，在这么多的活物生存的地方，竟然做一些假鸟，假动物，这是多大的败笔啊——不过，千万别着急，就在我们为这个“败笔”惋惜不已的时候，那些假鸟们，动起来了，飞起来了。

湿地的鸟们，用它们的行动，告诉我们，它们是真的。

这真是一个大乌龙。假作真时真亦假。因为假的太多了，以至于当人们看到真的，也以为是假的，但是在泗洪洪泽湖湿地，190多种鸟类，那可是如假包换的。

泗洪是一块古老的土地，有着许多古老而美丽的传说，有着内涵丰富的文化遗存，今天的泗洪洪泽湖湿地，是泗洪人民用自己的辛勤努力在泗洪的史册上写下的新的辉煌的一页，它既是现象中的大氧舱，又是人们追求心灵慰藉的精神氧舱。

在泗洪洪泽湖湿地行走，面对这一大片生态净土，我们唯一能做的事情就是：深呼吸。

以花之名，幸会武进

知道武进是许多年前的事了。大约在20世纪80年代初期的某一阶段，有一个文学会议，在武进柴油机厂召开。早已经记不清是谁组织谁联系的，也记不得是一个什么样的活动，不知道文学的会议怎么会开到了柴油机厂，到场哪些人，说了哪些话，有哪些闲闻乐趣，真的一点也想不起来了，几乎全部的记忆，都丢失在时光的长河中了。

印象中唯一留存的，是武进柴油机厂的大门，它在一条窄窄的巷子的顶头。

偶然想到，多年后的今天，它一定不再叫这个厂名了吧，它的大门，也一定挪到开阔的地方去了吧。每每念及，光阴似箭岁月如梭的感叹就油然而起了呀。

在以后的漫长的岁月里，也经常有机会去到武进，但多半是来去匆匆，谈几句文学，聊一点和写作有关的事情，又离开了，就这么去了又来，来了又走，一晃就是几十年过去了。

再次来到武进的时候，正值酷暑，烈日当头，骄阳下的武进，街道宽阔，高楼耸立，处处射发出耀眼的光彩，时时提醒着人们，这是一个全新的世界。

从前的旧街陋巷，从前的杂货小铺，从前的石库门，从前的平常百姓小桥流水人家，已经和我们的记忆一样，逐渐逐渐地消失了。

不过，且别急着下出结论，别以为武进就这样剥离了传统，就这样脱开了历史的轨道，恰恰相反，今天的武进，正是建立在深厚的历史底蕴之上，发展于丰腴的人文氛围之中，依靠着“吾乡多异才”的人才优势，凭借着“家家会吟诗”的文化积淀，古往的名士和今天的建设者，共同创造了武进的新天地。

就在高楼的背面，一座近3000年的独一无二的城池遗址，无言无声地存在于此。淹城，它用它的无言无声，告诉世人，武进曾经是怎样的一个独特而又神奇的地方。

淹城的建筑形态，在古城遗址中是绝无仅有的，它被里外三道河流围环，从里向外，子城、子城河、内城、内城河、外城、外城河，三城三河相套。“扁舟何所往，言入善人邦”，奇特的淹城出现在武进，并非偶然，它和武进的地理环境，和武进的人文积累，和武进作为吴文化发源地之一的文明历史，都密切相关。

作为目前我国最古老的、保存最完好的地面城池，春秋淹城吸引了无数的后来人。

当然，淹城有足够的“定力”，武进有足够的“定力”，你来或不来，它都在那里。

其实武进还有力，除了“定力”，武进还有“活力”。如果说古城遗址是一个地方的定海神针，那么千万朵鲜花，必定就是一片波涛汹涌的花的海洋，时代的航船在这里扬帆远行，破浪前进。

即将开幕的第八届中国花博会，将把今天武进的欣欣向荣、积极进取、鲜活生动的形态推到极致，推向全球。

你也许会问，在一个古城池的遗址旁边，升腾出一个崭新的花博园，会感觉突兀吗，会感觉不适吗。其实你只需要感受一下你脚踏着的大地，你就会知道，你的脚下，就是花博会最合适的地点。这里原来就是一片花木的世界，这就是武进花木之乡，武进的花农们，曾经在这里洒下汗水，种下勤劳，“桃之夭夭，灼灼其华”，这片肥沃的土地滋养了花木，花木也用它们的努力，回报了这片土地。

所以，今天我们看到的花博会新址，是新的，却不是凭空而新，它不是从天上掉下来的，它是从地里生长出来的。而这片土地，曾经就是花木最茂盛、花香最浓郁的地方。所以，崭新的花博园，它是滋润的，它是丰泽的，它是有根有底、有情有义的，它的钢筋水泥，都带有花香，它的楼台场馆，都是为花而设，天高任鸟飞，海阔凭鱼跃，花博园的3000亩方圆，是千万株鲜花尽情怒放灿烂辉煌的最潇洒最理想的空间。

于是，古老的淹城，和崭新的花博园，一远一近，亦古亦新，比肩并立，遥相对望，携手打造出今天的武进。

人与人的相遇，相识，相知，是有缘分的，花也一样，没有缘分的花，它们开放在不同的时期，一辈子、数辈子、永远都不相见，但是今年武进的花博会，将会创造一些奇迹，出现一些奇观，让十大名花，同期开放。谁都知道花开有期不等人，但是在花博会期间，不同时期开放的花会在那里相遇相识，比如九月的腊梅，比如十月的牡丹。难怪乎，早在百多年前，杭州人龚自珍就夸赞这里的人："天下名士有部落，东南无与常匹俦"。

将有一场花的盛会，更是一场人的盛会，人看花，花养人。

人喜爱花，是因为花是有精神的，它能够养人心脾，教人以理，花是赏心悦目的良药，花是人类心灵的鸡汤。

花的精神，其实就是人所向往的精神，它灵动而又淡泊，它高贵而又朴素，它雅致而又活泼。

我们看到，今天武进的文人们，继承了“吾乡文儒甲天下”的优良传统，为花作诗，为诗写花。我们看到《百花诗事集》《百花吟》等，我们也都愿意为花而作。在这里，花就是诗，诗就是花。在这里，人就是花，花亦是人。人与花相融，我们不把花当作花来写，因为每个人自己就是花，或者，至少，人是花的亲人，是花的恋人，是花的学生，是花的知己。

因为花，我们相聚在武进。

感谢武进，给我们一个花的盛会；感谢花，给我们了解武进的机会。

过往今来说兴化

记得是在2009年的秋冬之间，冬天还没有真正的来临，却已经提前来了一场瑞雪。踏着这2009年的第一场雪，我们来到了兴化，虽然这里已是天寒地冻，我们却感受到这片土地充满了生机，感受到它的辽阔的气魄和神奇动人的气韵，感受到从它的地底下传递上来的温暖。

我们把逼人的寒气关在了窗外，相聚在温暖如春的会议室里，参加一个叫作“兴化文学现象研讨会”的会议。

这是一个经济社会正在迅速发展的地区，她的方方面面，应该都是值得研讨和重视的，但是我们这些人，却是冲着兴化的文学来的。因为兴化的文学，随着社会发展和历史进步，已经不仅仅是个人的写作了，许许多多的人，兴化的人，走出兴化的，留在兴化的，出生于兴化的，在兴化生活过的，凡是和兴化有关的写作的人，这许多人的写作，已经逐渐地形成了一种气候，酝酿成一种现象。而且，还不仅形成气候、成了现象，又引起了广泛的关注、得到了各方的评价，还不仅引起了关注和得到评价，大家更觉得应该坐下来了，应该安安静静地认认真真地来龙去脉地研究探讨这样的文学现象。

于是，就有了这样一个值得记录更值得记住的“兴化文学现象研讨会”。

研讨一个县的文学现象，这可能是鲜有少见的，但其实并不奇怪，因为兴化的文学现象，本身就是一个奇特的现象，正如兴化这个地方，就是一个奇特的地方。

兴化有着特殊的地理位置，她处于长江与淮河之间，又是里下河地区中心部位，使得兴化的中间地带的特色尤其鲜明和突出，既展示着苏北的豪放和大气，又渗透出苏南的精致和悠扬。在今天的兴化，我们仍然能够看到，一个文脉深厚的故里，先贤们高山仰止的光芒，他们的人性的光辉，他们的生命的光彩，始终照耀着，始终传播着，郑板桥，施耐庵，刘熙载……他们曾经辉煌的道德文章，始终在兴化这片土地上流动飘逸，发扬光大，影响和感染了后来的一代又一代的兴化人。今天的兴化写作者，是文化传承中的最为重要力量，他们曾经或者正在兴化这个地方生活，他们被这芬芳浓郁的土地滋养，被这清澈纯粹的流水哺育，然后，他们又用自己的文字，将这种滋养和哺育，反馈出去，传递给了更多更多的人。

这个地方魅力四射，早已经超越了本地区，投影到整个的里下河地区甚至更广远更辽阔的地方。

我一直觉得里下河是一个很和暖的名词，就像是自己的家乡，就像是自己生长在地方，在我们周围的一些朋友中，有许多人都曾经和里下河有着多多少少，远远近近，深深浅浅，长长短短的联系，他们对于家乡的挚爱和眷恋，他们回报以家乡的深情和硕果，以至于使得我们另一些其实与里下河沾不上边的人，也感觉自己和里下河有了亲，有了缘，有了许多的过往今来。

这块本来似乎与我们无关的土地，就这样深深地烙印在我们心头，久远地存在于我们的内心深处了。

想起了更早前的一个春天，我们来到兴化，去看千岛菜花，看那神奇而独有的垛田，感受那一种特殊的熏陶，正如兴化这个特殊的地方，它的口音是苏北的，它又有着江南水乡小桥流水般的诗意。眼前的一大片又一大片的菜花，一垛又一垛的飘浮在水中的田，它既是水淋淋的，又是沉甸甸的，既空灵飘逸，又厚重沉稳。自然和历史，上天的造化和人的努力，真是将兴化这个地方，调适到了最恰如其分的位置呵！

灵山的夜晚

这是初秋的一个夜晚。

是过去和未来的许许多多的初秋夜晚中很普通的一个夜晚。

天气渐渐起了凉意，没有月亮，傍晚的时候还下了点雨，平添了一些“空山新雨后，天气晚来秋”的寂静清幽。

那时候，在灵山景区，我们从梵宫出来，坐着电瓶车，穿过斜风细雨，回到精舍，回到了自己的宿舍。

事先并没有相约，也没有沟通，几分钟以后，我们不约而同地走出自己的宿舍，每一个都换上了为修禅准备的衣服，是棉麻质地的，深咖啡色的，有点像汉服，宽松柔软，朴素大方。穿上以后我照了照镜子，一下子看到了两个字：安静。

这是一种很奇怪的一种感觉，仅仅是换了一套衣服，你的心情就起了变化，你纷乱的情绪就平静下来了？

真的就是如此。

我没能有机会确定或确认一下，我们换上的这个服装它应该叫什么，禅服？修禅服？居士服？我也没有机会了解它到底有没有专设专用的名称。我只是在想，叫什么也许并不太重要，重要的是，换上这样的服装，就给我换上了完全不同的一种心境。

其实，在宿舍里穿上它的时候，我脑海里曾经掠过一丝疑虑，我不知道其他人，他们会穿吗？

结果，当我们在走廊里碰面的时候，发现每一个都穿上了。

我们共同地，觉得，应该换上，这是我们的内心，存有某种需求、存有某种念头？那是什么需求、什么念头呢？

一堂名曰“禅悦我心”晚间修禅课，就要在灵山精舍开始了。

这是我平生以来头一次有机会体验禅修课，在通往禅堂的过道上，我们不由自主地降低了语调，放慢了脚步，轻轻的，又很庄重，怀着敬畏的感情，和求学的心愿，在门口排队，顺序而进，净手，再到堂内盘腿坐下。

已经有先到的人，在禅修开始之前，他们大多已经进入了一种境界，双手合十，双目微闭。还没有人指导或要求他们这么做，这是一种自觉的行为，似乎进入到这个地方，就身不由己地会产生一种自我要求。

一位年轻的相貌清秀的法师，给我们讲禅，也许我记不住他讲的那些内容，也许我不能完全理解或十分明白他讲的那些禅理，但是这一堂课，却是真真切切实实在在地印记在我的生命中了。

法师让我们做了三次功课。

第一次，法师让我们抄写心经，我抄了这么一段：般若波罗蜜多心经观自在菩萨行深般若波罗蜜多时，照见五蕴皆空，度一切苦厄。舍利子，色不异空，空不异色，色即是空，空即是色。

因为没戴老花镜，我抄得很慢，抄得歪歪扭扭，就是在这个慢慢的过程中，感觉自己的心境愈加平和了。只是因为盘腿坐的原因，腰腿有些酸疼了。忽然就听到法师说，可以不用再继续盘腿，直接坐到凳子，也可以继续盘腿坐。

这是方便法。盘腿打坐是方便，直接坐到凳子上也是方便。

接着就是第二次的功课，法师说，你们闭上眼睛，什么也不要想。

我们闭上眼睛，试图什么也不想，但是做不到，不仅做不到什么也不想，脑子里的东西反而比平时更多更乱，多得吓人，乱得出奇，乱七八糟的念想纷纷涌了出来。

我们向法师诉说自己的心很乱，静不下来，并且为此感到惭愧不安，法师却告诉我们说，这说明你们已经进步了，因为你们已经意识到你们的意识，比起一些心乱而不知乱的人，你们已经开始靠近禅了。

第三次功课来了，法师说，你们仍然闭上眼睛，用心默念南无观世音菩萨。

我们又遵照着做了。这一次念头集中起来了，在几分钟里，除了偶尔走岔一下，瞬间又回来了，回到南无观世音菩萨上来了。

那一刻间，一屋子的人，心意一致。

这是一种力量。

无形的，却有力，能够让人心安静下来的力量来之于禅，那么，禅又来自于哪里呢？

来自于人心。

是我们通过修禅这种方法，用自己的心让自己的心静下来了。

我们这一些人当中，好像没有真正意义上的佛教徒，但是为什么我们都愿意在这个初秋的夜晚，来到灵山精舍的这个禅堂，在这里静静地打坐，什么也不想。

因为我们已经想得太多了。

因为我们已经拥有和获得太多，我们的脑子里塞满了信息，我们的心里堵满了事情，还须臾离不开手机、电脑。

白天里，我们乘坐着提速又提速的高速列车，我们行进在一往无前的高速公路，我们安排了一场又一场的热烈的活动，我们走过了一座又一座的喧闹的城市；

夜晚降临的时候，我们聚集在酒店饭馆，我们以最快的速度干掉一瓶又一瓶的高度白酒，我们以最美好的胃口吃掉一盘又一盘的高蛋白高脂肪高热量的食物；

深夜了，我们还在引吭高歌，声嘶力竭，灯红酒绿……

我们在高节奏超负荷的旋转人生中已经转晕了头脑，转迷了方向。

所幸的是，虽然我们晕了，虽然我们迷了，但是我们还保持着最后的一点清醒，我们还留有最后的一点疑问，这真的就是我们想要的终极生活吗？

就像法师说的，我们已经意识到了我们的意识，我们已经进步了。在我们的平常生活中，我们也已经意识到了我们的节奏，意识到我们的失度，意识我们在哪里出了一些问题。

于是，我们来到了灵山。

于是，我们能够看到，从青铜大佛，从九龙灌浴，从梵宫，从精舍，从灵山的每一处，渐渐地升腾起两个字：静和净。

这两个普普通通的汉字，是我们这个时代，是我们这个社会，最渴望最需要的两个字。

我们站在灵山的任何一个地方，放眼望去，无论是看到大佛，还是看到千树万花；无论是看到梵宫，还是看到连绵山峦，我们看到的都是静和净，因为它们早已经弥漫在灵山的每一处丛林，每一块砖石，它们渗透了灵山的每一个寸土地，每一个角落。

于是，我们的身心，就被静和净浸染了，包裹了，融化了。

于是，我们忽然明白了，我们到灵山来干什么。

“万籁无声添佛像，一尘不染证禅心。”

这是我在灵山梵宫的妙行堂抄录下来的。

在灵山，将这一个普通的夜晚，变得那么地不普通，将这一个每天都有的平常夜晚，变得特殊而又难忘。

夜渐渐地深了，且让我们既怀着满满的敬畏之心，又放空心里的一切，睡觉去吧，明天一早，我们将要参加另一次体验：过堂。

那必将是又一次的学习，又一次的历练，又一次的洗涤。

高邮，我们共同的家乡

许多年了，汪曾祺的一本书，一直就放在我的手边，书已经很旧了，这是出版于1987年的汪曾祺自选集，里边收有汪曾祺不同时期写作的小说散文随笔等各种文体的作品。我读其中一篇《涂白》感动不已，这是一篇写冬天为了防冻给树刷石灰的小文，只有几百字，甚至说不上是一篇散文或者随笔，差不多就是一篇说明文，却使我眼中蕴含泪水。这样的一种文字的力量，这样的一种与文字的缘分和感情，许多年来一直陪伴着我，不离不弃。

已经记不太清是什么时候开始读汪曾祺的小说的，但是有一个印象却是十分深刻而又清晰，自从读过汪曾祺的小说后，有一个名词就深深地烙在了心底里，再也抹不掉了，这个名词就是“高邮”。

高邮是汪曾祺的家乡。到底是汪曾祺有幸，因为他生长在高邮，还是高邮有幸，因为她诞生了汪曾祺。我想，这两者必定是互朴互融的。高邮与文人，几乎就是一个同义词，就是一种共同的现象，高邮可以是文人故乡的代称，凡文人成长或适合文人成长的土壤，必定有如高邮那般，能给人一种天然的亲近的感觉。

这就是高邮的魅力。一千多年前，高邮就已经是天下文人向往和贤集之处了，秦少游曾写道“吾乡如覆盂，地处扬楚脊，环以万顷湖，天粘四无壁”。那时候，高邮的文游台，就是大家来了又去，去了来的地方，苏轼、孙觉、秦观、王巩……他们给高邮留下了诗文书画，留下了温润的气息，留下了高尚的品格，留下了文人之间纯净美好的相知相交和相敬。千百年过去之后，这样的气息，这样的品格，这样的交往，仍然在高邮的大地行走，仍然在高邮的天空回荡，它们像阳光雨露一般，滋润着一代又一代的高邮人。

于是，70年代后期到80年代初期，汪曾祺和他的作品，裹挟着高邮的泥土气息，携带着高邮的历史沧桑，从这里出发，走向了全国，走向了世界。今天，十位高邮籍作家，陆建华、子川、朱军、于宇、陈其昌、姜文定、周荣池、徐晓思、王玉清、张荣权，又执手相助，共同推出了《文游台创作丛书》。

《文游台创作丛书》，是高邮文人对“吾乡”的汇报和回报，是这十位作家交给“吾乡”的一份答卷，这份沉甸甸的答卷，饱含了他们对“吾乡”浓得磨不开的情感，透溢出“吾乡”养育出来的品位和气质，将汪曾祺开创的新时代高邮文脉延续、发扬、走向前方。

因为汪曾祺的小说，让我们这些本来与高邮并没有什么联系和关系的人，都深切地感受到了自己与高邮的亲近，因为十位作家的丛书，又给了我们一个更加走近高邮的机会。

秦少游的“吾乡”，又何尝不是天下文人的“吾乡”，它曾在千百年前吸引了许多文人贤士，又何尝不是今天的文人的精神的着落点。

在你的人生中，在你的心中，总有那么一个地方，无论这个地方与你是近是远，有多少距离，有多少间隔，这个地方是一定会永久地存留在你的内心深处的，就和你自己的故乡一样。

从善卷洞出发

头一回知道宜兴这个地方，是在1979年年初。那时在江苏师范学院上学，因为经历了“文革”和插队，再上大学时，年纪倒也不小了，二十大几了，却是十分的闭目塞听，孤陋寡闻。之前没有听说过宜兴，更不知道有善卷洞、张公洞，等等。因为从小在苏州长大，插队之地也是苏州的农村，就是一只苏州之蛙，苏州以外的什么什么五彩，什么什么缤纷，一概不知，一概不见。

但我们班有见多识广的同学，他们早就知道宜兴，知道宜兴的洞，于是，那一年的春天，同学间互相传递，互相鼓动，决定到宜兴去春游，去看善卷洞。

记得我们分头到处借车，我也想了许多办法，但是没有借成。最后肯定是有车的，是哪位同学建功立业，已经记不清了，反正我们坐上大客车，往宜兴出发，恰同学少年，书生意气，十分挥洒。

一个眼睛和思想都十分茫然的大龄青年，到了宜兴，到了善卷洞，忽然睁开了眼睛，忽然接通了思路，那真是用得上一个惊字。惊讶，惊叹，惊艳，惊为仙境。

这才知道什么叫山外有山，天外有天，这才知道了什么叫大开眼界。善卷洞，三万多年的一个洞，简直难以用形容词来形容，也难以用通常的感慨来感慨，鬼斧神工，大自然的造化，在这里尽情施展，恣意绽放，老天爷对宜兴，真是十分地厚爱、十分地眷顾啊。

记得我们在这个神奇的洞里走了又走，看了又看，流连忘返，我们竟然穿越了数万年，从洞里出来的时候，我忽然想，我长大了。

前不久，去年的某一个时间，我也去到某处的一个溶洞，从知名度，从面积，从其他各方面，可能都与善卷洞不相上下。但是物是人非，我们走进洞去，第一个念头就是想快快地走出去，身上黏黏的，又闷，地上又湿又滑，光线又暗，腿脚也大不如前。所以只是闷着头高一脚低一脚地往前赶，根本就没有欣赏奇迹的心情，等到看到洞口的光亮时，心里一阵庆幸，终于出来了。这哪是旅游呀，分明是在完成一次十分不情愿的任务。

庆幸的是，我在那个对的时间，到了那个对的地方——

1979年春天的善卷洞。

那算是我的人生的第一次远足。虽然从苏州到宜兴，到善卷洞，距离不算太远，但是我从心理上从精神上走出了可贵的第一步。这第一步，跨到了宜兴，宜兴就是我的启蒙老师，从此以后，宜兴就在我的人生道路上常来常往，在我的心里常驻常守。

在后来的许许多多的日子里，我会经常到宜兴去，是因为文学，因为茶和壶，因为竹海，因为宜兴的更多的滋养和内涵。

紫砂，让宜兴走向了世界；

竹海，让世界走向了宜兴；

宜兴的古迹，遍地珠玑，熠熠生辉；

宜兴的文章，千古流传，常读常新。

许多年来，我们一趟又一趟地来宜兴，像走亲戚，像回娘家，像到邻居家串门，我们在宜兴有了许多难忘的经历，我们在宜兴收获了许多珍贵的记忆。

就这样，宜兴的特有的魅力，宜兴的神奇的气息，沁入了我们的心灵深处，吸引着我们继续一趟又一趟地到宜兴去。

我最近刚刚写了一个短篇小说，题目是《下一站不是目的地》，写一个现代的人，每次外出开会或者参加活动，都是火急火燎，匆匆忙忙，总要提前逃会，逃到哪里去呢，逃到哪里去干什么呢？结果就是，逃到另一个会上去，逃到另一次活动中去，并且在另一个活动中继续火急火燎地策划提前离会。

其实这个人就是我自己。

但是唯有在一个地方，我是想留下来，是不想即刻就离开的，那就是宜兴的竹海宾馆。

竹海宾馆有什么特别的呢，难道它窗外的蓝天比别的地方更蓝吗？难道它门前的竹林比别的地方更绿吗？难道它不远处的山峰比别的山峰更峻美吗？也许是，也许不是。但无论是与不是，一到这个地方，我就想，这真是一个值得驻足，值得待留的地方。

我的想法其实也很朴素，并不难实现，我只是想在这里多住几天。

虽然第二天我还是走了，但我的想法依然在，一直在，所以，我也相信，我应该能够实现自己的愿意，在宜兴的那个地方，多住上几天，关掉手机，享受宜兴。

可能吗？

可能的。

30多年前，我到善卷洞去，认识了宜兴；30多年来，我从善卷洞出发，一次又一次和宜兴相遇，一次比一次喜欢宜兴。

这是我和宜兴的缘分。

在水开始的地方

一个人朝着某一个地方出发，因为目的地的不同，行前的心情自然也是不一样的。今年春夏交际的时候，也是今年的第一拨热浪来袭的时候，那一天，我出发到宜兴去。

宜兴是江苏西南部的一块地方，往宜兴去，一切的燥热，一切的烦乱，就被关在车窗外了，心中已经满是青绿，满是清凉，满是宁静，一片惬意。

进入宜兴地界，那活生生的青绿和清凉就扑面而来了，在不高的山区群落中，我们拐了一个弯，又拐了一个弯，再拐一个弯，每一个新的弯头，都是赏心悦目的清新，都是耳目一新的变化。

就在清新的变化之中，我到达了我要去的这个地方。

其实我要去的这个地方，既是宜兴，又不是宜兴，它是宜兴的一个镇，也就是我要写的这个地方。

我怎么老是绕来绕去，还没写到这个地方呢？

因为我要写的这个地方，这个地名中的一个字，字典上找不到，电脑里找不到，手机里也没有，什么地方都没有，我又不会造字，所以，我无法让它呈现出来。

这个字的结构却是很简单明了、很容易说清楚的：父字加上三点水。

因为打不出这个字，这篇文章就写不起来，为此我纠结了很长时间，差一点想放弃它，或者想用另外一个名字替代它，但又于心不甘，所以一直没有动笔，直到有一天，我无意中在一个茶叶包装盒上，看到他们用“父”字替代了那个字。

那一瞬间，我释然了。

于是，我开始写湖父镇了。

我们的一生中，可能会去到很多乡镇，就像我们会遇到很多人一样，我们也许早晚会忘了他们，就像我们忘了许多我们曾经去过的乡镇一样，但是我想，这个湖父镇，可能是你想忘也忘不了的。

因为它有一个独特的字，一个我们到处找不到它、用不上它的字，这个字，因为它不出现，无法给人留下它的印象，却恰恰又因为它的不出现，给人留下了深刻的难以磨灭的印象。

恰如这个地方本身，在它的100平方公里的范围之内，居然有着数十近百的溶洞，其中，有名扬四海的江苏最长水洞张公洞，有奇峰突起、鬼斧神工的灵谷洞等；更有60多个尚未开发的溶洞，这些溶洞，无数的朝朝代代以来，一直深藏闺中，始终未曾向世人展露出它们的姿态。

我们曾经看过了湖父的张公洞，看过了湖父的灵谷洞，于是，会对这些不曾显现的溶洞更有一种向往，更有强烈的探视的欲望，你看看这些溶洞的名字，落户洞、克漏洞、耳朵洞，等等，就已经在我们的眼前，施展开了一幅幅远古的、原生态的、既生动朴实又神奇神秘的画卷。

这些未曾露面的溶洞，它们存在于我们的想象中，存在于我们内心的再创造中。它们的影响力，就像那个找不到、写不出的字一样，已经深深地刻印在我们的心中了。

湖父，就是以它独特的魅力和吸引力，征服了我们。

就在湖父镇的一个会场里，镇长和几位老师向我们介绍湖父，介绍这个三点水加一个父字的字，与我们望文生义的义是一样的，它就是水的父亲，或者换个说法，是水的源头，是水的开始。这时候我忽然想，无论是谁，来到了湖父，头一件要做的事情，恐怕都是围绕这个字展开的，人们会认真研究起来，互相询问和探讨，表达疑惑和表达理解，引经据典或旁征博引，经过这个过程，最后的结果是一样的，我们都知道了，湖父就是这样的一个地方：

溶洞、竹海、水，茶、壶、禅……这都是和我们的习性最相吻合的、也是许许多多现代人在繁忙操劳中内心最渴望的东西。于是，我们来到了湖父，于是，许许多多的人来到了湖父。我们就这样与湖父相遇，湖父就这样走进了我们的世界。

虽然这一次在湖父待的时间并不长，但是这里的一切，和那个找不到的字一起，已经成为我心中长驻不衰的记忆。在湖父的时候，我又想到了父亲，父亲给我们依靠，给我们力量，给我们未来，无论父亲在还是不在了，父亲都会鼓励我们踏踏实实地去飞扬。这也正是湖父这个地方给我的感受，湖父是踏实的，又是飞扬的。可以长居长住长相守，也可以永远地藏在心头。

水的源头是隐秘神奇的，它不要轻易地显现；水的父亲是广阔博大的，它无处不在无处不有。

湖父就是这样的一个地方。

老 街

在春夏之际的一个早晨，我们来到姜堰溱潼镇，更确切地说，是来到了溱潼镇的一条老街上。

从车上下来，这条老街就扑面而来了。

扑面而来的是一条街，更是一股久违了的亲切的气息，是一阵似曾相识的熟悉的气韵，让我们立刻地沉浸在一种欢乐而又宁静的气场中，我们的心一下子就被打动了。

其实我是头一次来到溱潼，头一次踏上这条老街，它对于我，应该是陌生的，互不了解的，像是初次相会的一个朋友，应该还有一点拘谨的。但奇怪的是，就在我一眼看到它的长长的望不到尽头的身影的那一瞬间，我就知道，我来过这里，在过去的许许多多的日子里，在20世纪，甚至在上辈子，我可能无数次的来过这里。我认识它，我喜欢它，它的神韵一直就在我的心里弥漫着、舒展着。终于，有一天，就是这一天，我站到这条街上，和它零距离的接触，和它全方位的融合，和它一起，见证它的历史和文化的写真。

我们就这样把自己当成了溱潼的老乡，怀着乡亲般的感觉，沿街而行了。

我们走进一座老宅，然后走出来，接着我们又走进另一座老宅，溱潼的老宅与老宅之间，隔着一条小巷，或者隔着几堵墙，但是给我的感觉，它们是紧紧连接、是互相搭配的，它们互为一体，呵成一气地成为这条老街的框架，成为这条老街的顶梁柱，这里的老宅，既有江南民居的精致，又有北方院落的气概，它们是历史留给溱潼的最珍贵的记忆。

在一个僻静的院落里，靠院墙斜倚着一株800多岁的茶花，鼎盛时期能够开花万余朵，我们虽然来得晚了一点，错过了花期，但仅仅是开花时节留下的照片，已足以让我们惊叹震撼，站在这棵茶花面前，我甚至连话都不敢随便多说，我无声地体会着岁月在它身上留下的力量，心中充满敬仰。

再往前走，我们看到了一棵古槐树。经历了千年的磨砺，已经不是当时模样，它的主干分作了两半，一半直立，另一半伏靠在院墙上，这种形态，尤其让人不能忘怀，它的独特的形象，显示出它的独特的经历和独特的性格。关于槐树，在溱潼，在这条老街上，流传着许多的故事，还有诗人专门为它写下诗作，方圆数十里数百里的乡亲，纷纷来向它求婚求子求喜求福，千年的古槐，早已经成为乡亲们追求美好生活的精神寄托。

随着老街的延伸，我们还要继续往前走，我们会在这里流连忘返，这里的气味会留住我们。老宅的温厚，茶花的红火，古槐的神奇，屋檐上那些精致的瓦片，脚底下那些沉静的麻石，无不与我们意气相投。

其实，即使我们不曾沿着老街往前走，即使我们不曾走过老街上的一处又一处的景点，那也无所谓，哪怕那一天，那个半天，我们就坐在溱潼的街头上，什么也不做，就看着街上的不多的老乡，不急不忙地行走在老街上，听着他们的乡音散发在清澈的空气中；或者，我们看到一个旅游的队伍，由导游带着，跟着那一面小红旗，穿街而过，他们的小喇叭，暂时地打破了这里的清静，有一点噪声，但等他们一过，一切又恢复如常了；也或者，我们没有看到有人经过，我们就看着身边的那个小食摊，一个妇女正在现做小酥饼，热腾腾的，香喷喷的，另一个地方，做的是鱼饼虾球，你看着那个过程，无疑就是一种艺术享受。

无论你来或不来，老街就在那里，无论你走或不走，老街就是那样，这就是一条古老的历史街区的功力，它能hold住时光，hold住世间的一切变更，hold住人类的一切幻化。蓦然回首，那人却在灯火阑珊处。

有些可惜，那一天我忘记问一问这条街的街名了，所以我一直不知道它的名字，但是我想，我虽然疏忽了它的名字，却没有疏漏它的许许多多的内涵，这许多内涵告诉我们，它不仅是溱潼的一条老街，更是我们的心灵归去之处，是我们的精神向往之地。

那一瞬间，我不知道我思绪走了多远，但至少我知道，我回到了自己的童年、少年、青年时代。

那一天，我们到达的时候，这里人还没有多起来，也许，等一会，人会多起来，或者等一些天，或者，再等一些时光过去之后，终究会有一批又一批的人来到溱潼的，终究会有有缘的人，千里寻觅来到溱潼，那时候，你会和我们一样，感叹踏破铁鞋无觅处，原来你要的东西就在你的眼前。

老街，古树，旧宅；文化，历史，传奇，这是让人敬重的一个地方。

溱潼，一个精彩而独特的千年古镇，一个普通而平凡的水乡集镇，我会永远地把这个地方留在记忆中。

早春，我们到宜兴喝茶去

江苏境内的一些地方，因为工作，或者因为其他各种原因，我常常是去了又去的，但是似乎哪一处也抵不过宜兴的吸引力，或者，我也可以换个说法，哪一处也没有像我去往宜兴那样的频繁；去过了一些地方，受到了多多少少的感染，激起了内心的涟漪，我是会写文章的，我忍不住要夸一夸这个地方的强富美高，但是，仍然没有哪一处，会让我一次又一次地在键盘上敲下“宜兴”这两个字。

所以，这一次，听说又有机会要去宜兴，我的第一反应是不能再去了。不是不喜欢宜兴，是因为太喜欢宜兴了，正因为太喜欢宜兴，每去一次宜兴，我都会写宜兴的文章，我都会把宜兴在我的文章里翻来覆去的折腾，这样写下去，我担心自己会把宜兴给消费过头了，把我和宜兴的美好的缘分给提前用完了。

所以，对于宜兴，对于宜兴的喜爱，我得要有所节制了，要省着点用了，要留在以后的日子里慢慢品味，慢慢欣赏，慢慢地去走、去看。

但是忽然，我听到了一个“茶”字，原来这一次，我们是要到宜兴去看茶。

顿时，又兴奋起来，顿时，又跃跃欲试、摩拳擦掌了。

宜兴为我所喜，茶亦为我所爱，既喜又爱，何由而不去，何乐而不为呢。

走吧。来一场说走就走的宜兴之旅，来一场如饥似渴的赏茶之行。

在去往宜兴乾元茶场的路上，雨下得很大，开始略有些扫兴，如果有蓝天配白云，再有绿色的山庄，那可是五彩缤纷，一幅生动的山水画。但是车开出宜兴城不久，我已经忘记了对蓝天白云的渴望，好像雨也是有颜色的，我忍不住拿出手机拍照了。

道路的两边，郁郁葱葱，不高的山坡，绿得那么惊艳，绿得那么水灵，绿得那么丰满，绿得让人神魂颠倒了。

虽然隔着车窗玻璃，还隔着雨，但是满眼绿色的山坳早已经入镜来，早已经入心来。

我们要去的乾元茶场，就在这样的一个山坳里。

一座仿古的建筑，精致而又大气，开朗而又讲究，它坐落在四面环山的山坳之中，点缀着这里的山坡和这里的茶树，使得它们更生动，更富有生命力。

从茶室的落地玻璃窗朝外看，一览无遗全是茶，能够看到的三个立面都是茶，虽然我没有特意走到背后去看，但我知道，背后的那第四个立面，仍然是茶，这座建筑，站立在茶中央。

我们已经知道，在这里，茶围住了所有的一切，茶涵盖了所有的一切。

这就是宜兴茶，这就是宜兴的乾元茶场。近四千亩的面积，全都是茶，看到、听到、触摸到、呼吸到，都是茶。如果是一个不喜爱茶的人，住在这样的环境中，不知道会是怎么样的感受。但是，不喜爱茶的人，我们平时还真的很少碰上，或者说，真的蛮难碰上的。

就像李允中跟我们说，没有饭吃是可以的，没有茶喝是不行的。我们只是普通的喝茶人，而李允中，既是喝茶人，更是种茶人和卖茶人。

我们已经感受到，在这里，人，屋，茶，是融为一体的，在这里，所有的谈话，几乎只需使用一个词，那就是茶。

这是一个四面环山的地方，或者说，它的四面，只是一些较为平坦的低矮的山坡，当然，山高不高，山势险不险，这是大自然的造化，是老天爷的安排——坡不在高，有绿则灵，山不在深，有茶则香。

我们面朝青山坐下来，一张古色古香的桌子，一杯浅色的红茶，一盏如茶一般温馨而有内涵的吊灯，无不映衬着这个地方的气息和韵味，连雨水也配合着这里的宁静和品格。

看起来，一切都是那么的自然和顺畅，其实，我们却是坐在一个反着的方向上，这座山中的房子，它是坐南朝北的。

原来我们正朝北而坐。当然，我们已经知道，这样一个特殊的地理位置，无论是它的哪一面，都是一样的风景。

冬天起风了，风从北面过来，吹到南面的山上，就穿不过去了，所以，在这个长满茶树的山坞里，它不用承受尖利的穿堂风的刮打，它可以少承担些许来自寒冬的凛冽的考验，相比别的位置，这个山坞里，你能感受到暖意在这里回荡，老天爷十分眷顾和爱惜这个地方。

于是，生长在这里的茶，自然也会用自己的高品格，来回报天意，回报茶人的努力。

所以，乾元茶场产的茶，就叫作“乾红早春茶”。

“早春”一词，暗藏的是对严寒的全方位的抗争，一个“早”字，更是谈何容易。

在一个激烈竞争抢上位的社会环境中，谁不想比别人抢先一步，拔得头筹。

可是，谁也都知道，这个“先”字，可不是那么容易抢容易占的。

乾元茶场所在的位置，地下是煤干层，产生地热；又是环形的山貌，遮风挡雪；还处于温泉地带，使得整个茶区温度相对偏高，利用得天独厚自然的条件，加上现代化的精致到位的管理，以高于别人一倍的管理成本来培植乾元茶，于是，就这样，“乾红早春茶”，硬是提前十五天，顽强而又骄傲地站立起来了。

虽然我们来到的时候，已是初夏，早已过了采茶季节，可是当我们坐定在茶树丛中的时候，眼前依然能够看到早春时节的那一幅动人的画面，漫山遍野的采茶人，四散在茶树中，妇女们穿着随意的衣服，在绿的茶树丛中，点缀出许多色彩。好一幅清明采茶图，好一支早春的采茶队伍，来自远方的河南的安徽的乡村，或者，就是从本村走过来的，他们用不同的方言交谈着，用同样的身姿和手势与茶叶共舞。

我们也没有看到精彩的炒茶焙茶，没有看到炒茶前的拣剔，没有看到茶农的那一双神奇的手，怎么在几百度的热锅里将茶叶搓揉成形，搓团显毫，然而，这一切的过程，都溶入了我们正在喝着的茶水之中了，我们在这里品茶，品的就是与茶有关的一切的滋味。

宜兴阳羡茶的历史，早在汉朝就有了记载，三国时遍传江南，至唐代由陆羽的推荐，更是纳为贡茶，阳羡茶“早”，名不虚传。“十日皇城路四千，到时须及清明宴”，若茶不早，若路不急，怎赶得上朝廷的清明“早”宴。

仍然是一个“早”字，如今已不再是少数人的专利专权了，在茶叶的“早”市上，即便是普普通通的平民百姓，他也一样可以喝到“乾红早春茶”。

我在想着，也许明年，我们有机会，早春，到宜兴喝茶去。

微山湖的新一页

几乎整个的少年时代，几乎少年时代的全体少年伙伴，都会唱几句“西边的太阳就要落山了，微山湖上静悄悄——”，只不过，那个时代的少年，没有地理知识，没有方位感，不知道微山湖在哪里，不知道微山湖有多大，有多好，也许有的人会想，自己这一辈子，有没有可能看到微山湖。

我也是那时代少年中的一员，我甚至连这样的想法都没有。那个年代的人，是没有想象力的，是没有翅膀的，除了会唱一唱“弹起我心爱的土琵琶，唱起那动人的歌谣”，再也没有其他的动人的想法、更不可能有什么动人之举。以至于歌里的“微山湖”对于我们来说，那就是一个神秘的传奇，是一个远在天边的梦幻。

在后来的漫长的岁月里，少年长大了，渐渐地有了些地理知识，渐渐地有了点方位感，也渐渐地有机会听说微山湖了，甚至有了住在微山湖的友人了。于是，觉得离微山湖越来越近了，传奇就要成为现实了，梦幻也已经伸手可触了。

就这样，似乎一直是渐渐向着微山湖而去，只是走得够慢，也走得够长，一直到几十年以后，我终于走到微山湖来了。

眼前的微山湖和歌里唱的微山湖一样，仍然是静悄悄的，一片安宁，一派广袤。

似乎微山湖从来就是如此，永远就是如此。似乎微山湖从来不曾有过任何的历史风云刮过，也不曾有过任何的时代风雨侵袭，

但是其实我们都知道，微山湖此时此刻的宁静一定已经不是当年的“静悄悄”了，因为我们是穿越而来的，因为我们恰好越过了它的不静不宁的激烈动荡的时空。

在一些了解和熟悉微山湖的作家的笔下，在许多历史的记载中，我们得知，在过去的很长很长的时间里，每年微山湖地区都有江苏和山东两省农民的械斗，都会有伤亡、出人命。每年的打斗，无论出多大的事，下一年仍然会重复，似乎是永不能禁止的了。

那时候，人们的生活几乎全部依赖于微山湖，微山湖就是两岸农民的存在所在，几百里湖荡不仅养育了湖上数十万渔家，而且养育着沿岸几百万湖民。就连远处的农民，每到冬

天，都会聚集到微山湖来打湖草，以增加收入养家糊口。

微山湖就是大家的口粮，微山湖就是大家的日子，没有了微山湖，就没有了活下去的依靠，所以就有争抢，有械斗，不打死就得饿死，不想饿死就得打。

多少年来，微山湖的农民用生命换来的，只是一点点温饱而已。

今天我们站在风平浪静的微山湖边，知道这平静来之不易，是时代的变化，是经济的发展，改变了微山湖从古至今的农民械斗的历史，还了微山湖一个和谐的“静悄悄”。

在新的经济时代，农民的收入实现的多元化，对农业的依赖性在降低，温饱问题解决了，不再会有人愿意为了增加少得可怜的一点收入、争夺湖区资源而丢掉自己的性命了。

微山湖的历史被改写了。

或者说，微山湖的历史重新回到了“青螺秀出银盘里”的那一页。

今天，我们坐船行驶在微山湖上，从荷莲中穿行，与鱼儿同游，在苍茫湖面上我们向西岸眺望，那里正在打造一个微山湖千岛湿地，让我们所有人存于心间许多年的微山湖情结，在这里找到了归宿，找到了寄托。

我们的耳边，再一次响起“西边的太阳就要落山了，微山湖静悄悄，弹起我心爱的土琵琶，唱起那动人的歌谣”，心中真是感慨万端，那一种无比美好的意境，又回来了。时光，历史，人类的努力，终究给我们带了一个既似曾相识，又光鲜崭新的美好世界。

有一个山村叫虹口

从都江堰回来的第一件事，就是打开电脑上百度查“厚朴”。

厚朴是一种中草药，它生长在一个叫作虹口的小山村的山坡上。当然，它也生长在别的地方，但我是在都江堰虹口乡的山里遇见它们的，于是厚朴就和我的都江堰之行结下了缘分。

百度上有许多关于厚朴的内容，甚至连“朴”字怎么念都有介绍，但是没有厚朴的图片，不知为什么，我心里隐隐地觉得不够，不足，于是又翻看了《本草纲目》，看到了图片，看到了厚朴的模样，知道它能够治中风伤寒、头痛寒热，惊悸、气滞血淤，等等。

我对素昧平生的厚朴，竟然产生了一种莫名的感情。

其实感情并不是莫名的。

在“5．12”地震发生之前，都江堰虹口乡的村民，种植猕猴桃和厚朴，过着世外桃源般的却又是十分贫困的日子。

就在那一天，地震了。地震中心的汶川映秀镇，与都江堰的虹口村仅一山之隔、几公里之遥，地震毁了山那边的映秀的一切，也同样毁了山这边的虹口的一切。

试想着，一座山在一瞬间被推高了好多米，那么，原先在山上住着的人，山上的房子，山上的植物、动物，山上的一切，还会侥幸留在原地，留存原样吗？

我得到的一些数字是这样的：全乡98%的房屋倒塌或严重损坏，128公里公路损毁，5座桥梁垮塌，旅游、冷水鱼等支柱产业遭受重创，直接经济损失超过30亿元。

这些数字足以说明，虹口乡的一切都被地震改写了。

在灾后三年的日子里，我们来到了这个彻底改变了的小山村。

也许“彻底”两个字，不应该由我们说出来，因为我们能够看到的地震前的面貌和地震留下的伤痕，是图片提供的，是文字记录的，或者是从人们的讲述中获取的印象，所以这种对比，也许不够有力不够确凿。但是，今天展现在我们面前的虹口，却用它的“彻底”两个字，真正让我们震惊了。

在前往虹口乡的路途上，也许我们还在想着，山区的重建，要比平原更艰难更缓慢；在事先了解虹口乡受创情况的同时，我们也许都在揣测，如此条件下的重建，工程之险阻，时日之遥远，未来之可望而不可即等等……总之，我们前往的那个虹口乡，那个小山村，一切似乎都应该还在百废待兴中，应该到处是重建的工地，到处是临时的生活，是尘土飞扬，是车水马龙……

就在我们错误的想象和猜测中，我们已经进入了虹口乡，我们已经到达了这个山村，她让我们震惊了。

是安静中的震惊，是震惊中的安静。

这就是一处童话故事中的风景，这就是一幅理想世界的画卷，这几乎就是遥不可及的梦想成为现实了。

短短的三年时间，其实不到三年，仅仅用了两年的时间，一个被地震砸垮了房屋，阻断了交通，摧毁了山与水的旧山村，变成了一个令人惊叹、似为仙境的旅游度假景点。

车子沿着新建的山间公路缓缓而行，虹口村的面貌就这样逐一地展现在我们眼前，每一处集中居住点的房屋，无论是村民的住宅也好，商用的房屋也好，无不独具特色，无不展示独特风情，有阿尔卑斯度假小村，有川西民居风貌，有原始生态村……于是，当我们最后站到山村的最高点上，向山坳里放眼，一时间，真的以为走进一个了童话世界。

山坳里有一座新建的大酒店，这是一座既古朴又鲜亮，既典雅又现代的别墅群，既有着欧式古典风格，又体现出中式传统的原素，暗红色、桔黄色、白灰色，色彩缤纷，屋借山，山衬屋，层层叠叠，曲径通幽。导游告诉我们，有100多位山村的农民经过培训到酒店当了服务员，如果时间允许，我真想去酒店看看他们；如果时间允许，我还想在这个童话般的山村住下来。

如今的虹口村，开始实现旅游产品多样化，它将要成为成都的休闲后花园，成为国际漂流和山地运动的基地，更令人感慨的是，人们将地震的痕迹留存了下来，我们看到一段被称之“新加坡”的老路段，这段水泥路，就在我们经过的山路旁边，它被推高了两三米，路面也裂成许多段，看到这段路面的人，无不会想起曾经袭来的那场大地震，并且永远地记住它。当地人特意保存的这许多地震遗址，将成为虹口村建设野外科学考察基地的基础。

我们在虹口山村的山路上前行，山路修得非常好，路两旁是猕猴桃和厚朴，一个老太太坐在家门口，安静地看着我们这些外来客，有几个中年男子站在屋旁的一小块土地边，没看清楚他们在干什么，山涧的水漂流而下，午后的阳光照耀着，呈现在我们眼前的，就是这样的一幅安逸宁静的图画。

安逸，一如大家都说，成都人喜欢安逸，我们在成都看到的广告语是：最快的城市，最慢的生活。

其实，我们同时也看到了，在安逸的背后，是成都人、都江堰人、虹口人的努力，是他们重建家园的急迫的心情和更积极的行动。

我又一次想到了厚朴，它散结通绛、消积导滞，虹口山村满山遍野的厚朴，让我们感受到虹口从重灾中恢复的速度和转型的力度，也让我们相信，虹口通往明天的道路一定会是通达顺畅、光明灿烂的。

相逢骆马湖

百年前的某一天，乾隆皇帝静静地坐在骆马湖西岸皂河镇的乾隆行宫的书房里，彼时彼刻，这位文才武略的皇上，到底在想些什么，今天我们恐怕是无从知道了。但是有一个事实却是存在的，行宫向东，不远处，就是早有盛名的骆马湖。无论乾隆是否到过骆马湖，他必定是呼吸到了骆马湖的呼吸，骆马湖面上的清风，正拂过皂河镇的上空，在行宫里回旋，书房前的院子里，树叶轻轻舞动，皇帝的书房顿时生动起来了。

只是我们仍然不能知道，这位皇帝当时想了些什么。也许，他记起了明代书画家董其昌曾经留下过关于骆马湖的文字；或者，他想得更远，在离他远去的两千多年前，骆马湖东的一条小巷——梧桐巷里，力拔山兮气盖世的项羽出生了；也或者，他正在阅读史书上的某些关于骆马湖的记载，比如《宋史》：1131年4月，金将渡淮，屯宿迁县骆马湖。比如《淮安府志》：沂蒙诸上之水泛为巨浸。

我们只能用“也许”，用“或者”，我们不是在考证历史，我们只是在历史的册页里寻找骆马湖的踪迹。

我们找到了吗？

当然。

几百年以后的某一天，在酷热的夏日里，在忙碌繁躁的世俗生活中的这一刻，我们忽然间就站到了骆马湖边，忽然间，燥热的感觉清凉下来了，繁杂的心情纯净起来了，我们没有和古人相见，也没有和曾经的历史书写者们相遇，但是恍惚间，似乎我们和他们，一起来到了骆马湖。这是精神的相逢和沟通，是内心的惊动和感慨。

他们留在骆马湖的气息，历经千百年风雨的洗刷，仍然感染着我们，也仍然熏陶着骆马湖。

此时此刻，在骆马湖畔，我们默默地感谢大自然，也感谢历史的书写者们，给我们予丰厚的馈赠，留我们予无价的宝藏，让我们拥有尽善尽美的自然风光，博大深重的文化遗产。

今天的骆马湖，充满生机，一派盎然，在这里，既有平常百姓的生活常景，湖边的水产交易集散处，排满了渔船，人们来这里买鱼购虾，升腾着世俗的民间的烟火气；海滨浴场，则是夏天人们的最爱，大人小孩在这里欢腾，享受着骆马湖带给他们的享受；而湖边如梦如幻的园博园，又充分体现和展示了骆马湖的浪漫情调和五彩缤纷的外部世界；还有骆马湖的许多历史遗迹，骆马湖的地方风情，骆马湖的特产，骆马湖的度假村，等等，骆马湖就是这样让人流连忘返。

骆马湖是江苏第三大湖，总面积375平方公里，北起堰头村，南至扬河滩，西连中运河，东临马陵山。今天，我们站在骆马湖的某一个位置，我们望不到骆马湖的尽头，我们也无法抵达它的四个亲切而又诱人的边缘，正因为此，骆马湖更让人如痴如醉。

难怪许多人说，骆马湖是苏北大地上的一颗璀灿的明珠，是这片土地上的生命之水、生存之库。

夏日里的这一天，我们只在骆马湖逗留了小半天，离开的时候，大家都意犹未尽，这是一个值得来了再来的地方。

看海去

如果不是到赣榆去开会，我想我大概永远也不会知道在黄海的那一片海域有着这么一个小小的岛屿；如果我不知道世界上有一个小小秦山岛，我想这也不是什么值得遗憾的事情。在一个人的一生中，到不了的地方，不知道的事情，实在是太多太多，来不及遗憾。

但是现在，我却偏偏知道了秦山岛。我去了秦山岛，事情就不一样了。

我就有了关于秦山岛的一点点想法。

我在秦山岛呆了几个小时。我并没有走一走秦山岛的山路，也许山路上有茂密的树林，林中有很多的鸟儿；我也没有看一看岛上的民居，也许那些民居已经很古老很古老，我只是在沿海的一处乱石堆坐着，一直坐着。我们聊着海，也聊了海以外的许多话题，肚子饿了，就吃些干粮，就这么坐着，看着海。海是浑浊的，听着海浪拍打海岸，声音是沉闷的，不远处，有一位老人默默地坐在他的家门前，他正在专心地织着一张渔网，外界的一切，对他并没有影响，好像他并不知道小小的岛上突然来了许多外人。就这样，太阳照着，海风吹着，一时间，我竟然有些不知身在何处的感受了。

我在心里问自己，到秦山岛做什么？

我听见自己的心在说，来看海。

看海的地方多的是，你到三亚去看海，你到北海去看海，你到别的地方去看海，那里的海更蓝更清更美更值得一看。

但是不一样。

在秦山岛看海和在别的地方看海是不一样的。

我也许说不清这里边的差别，但是我知道这是不一样的。

我并不很清楚秦山岛的地理位置，我也不知道小岛的面积海拔。我对小岛的全部感受就是一幅油画，一位老人在他的家门口织渔网，一群外来的游人坐在海滩上吃干粮。他们的身后，有一条长长的通向大海的路。这路，谁也不知道究竟是人的力量所筑成，还是别的什么力量所造就。就这些了，人，海，通向大海的神奇的路，再没有别的什么。

这也许是一幅很普通很普通的油画，但是它却烙在我的心上，在我的心里从此有了一个对于秦山岛的挥之不去的情结。

我生活在太湖流域，太湖中有许多小岛。我也曾去过那里的小岛，如今回想起来，太湖的小岛实在是很秀气很儒雅；而秦山岛，更多的却是苍凉浑厚，还有贫瘠……

是的，秦山岛还是很贫瘠。这里的海也贫瘠。我不知道会不会有一天秦山岛如海南岛那样发展起来。我想，不管秦山岛的未来是什么样子，在我的心里，永远留下的只能是我们在秦山岛的那一瞬间。

永远留下那一片海

只去过一次海南，应该说，留下的印象并不很深，就像我到过的其他一些地方，留下的印象也都不深。

但是记忆总是有一些的，不会完全被岁月磨灭，总有一点还存在心底里的某个角落，或是存在某一篇文章里，也或是在某一张照片上，也许不怎么清晰，不怎么完整，但毕竟存在着，我说的是，海：海南的海，三亚的海。

其实我并不十分的热爱海。第一次出海是从上海去温州，碰到大风，呕吐得死去活来，没有美丽，只有痛苦。以后曾多次去海边，也作过祸端货场的海上航行，印象中的海水总是浑浊的，喧嚣不安，烦躁不宁，海上的航行也不尽是浪漫的旅程，或者燥热，或者寒冷，或者颠簸，或者乏味，也许，因为我不了解海，不熟悉海，我便无从热爱她，当然，也没有理由不喜欢她。就是这样，对于海，和对于别的许多和我无缘的事情一样，我不会爱它，也不会恨它，我只会平平静静的面对它。

在海南，在海南三亚的海边，在天涯海角，我坐在海边的沙滩上，初春的阳光青青地抚摸着我，暖暖的温温的，没有风浪，海事那么地平坦，那么地安详，没有张狂，没有咆哮，海水轻轻地抚摸着海岸，如阳光轻轻抚我一般。印象中的浑浊的海，喧嚣的海已经褪去，眼前的海，如一处无我无物的境界，在我的记忆里突然的跳出一句歌词，爱冬天的人，心底宽广的人，像那融化冰雪的大地，像我的母亲一样，歌唱冬天的歌，出现在温暖的大海边，也许，大海和冬天，真有着某种联系呢。

在现代化的城市海口，在商业大厦，在宾馆酒楼，在繁华热闹中穿行几天，再来到三亚的海边，愈发能够感受到海的宁静。我想，我们大概无法在二者之间进行选择，更喜欢三亚的宁静的海，或者是更喜欢海口的欣欣向荣的气氛，两种感觉，仅是一种对比罢，只是在这样的对比中，更新了我对于海的感觉，我仍然不了解海，仍然不熟悉，我的感觉却不一样了。

我的眼睛里全是海水，但是我不知道这里的海水是蓝的还是绿的，我觉得我说不准。我也不知道这里的海水有多深，我想我大概不会去打听，坐在海南的海边，我只是觉得自己的心底一片空白，什么也没有了，像大海退潮般将我所有的喜怒哀乐全部带走，只剩下海。

同行的朋友们——跳入海水中，接受海的拥抱，游向海的深处，他们向我招手，向我示意，来吧，来感受海是什么。我没有动摇，也没有犹豫，我不下海，我不怎么会游泳，我又怕冷，我没有触摸海，也没有被海触摸，但是我想，我已经接受了海的拥抱，我的心，已经向海的深处游去。

天涯海角，是一个好去处。

如果你心里烦，你可以到天涯海角去，如果你不可能到天涯海角去，你试一试，感觉一下，在你的心里，有一处天涯海角。

我问自己，到海南来做什么？

我听见了自己的心的回答，来看海。

海南是灯红酒绿，兴旺发达，海南的海却依然纯净，亘古不变，我若是有机会再去海南，我仍然要去看海南的海，不管海南的海以后将是什么样子，在我的心里，永远留下的只是我在海南看到的那一片海。

第三部分

苏州园林

在平常的日子里，约三两好友，在小城的街上转转，踩一路洁净光滑鹅卵石而去，随便走走，就到了园林，苏州的园林真多，“人道我居城市里，我疑身在万山中”。叠石环水，莳花栽木，亭台楼阁精心布置得如同信手拈来，看几片太湖石随意堆砌玲珑剔透，欣赏清灵的山水，体味平静的人生。走累了吗，好吧，我们到依街傍水的清幽的茶社里，用制作精细的小茶壶泡着清香的绿雪般的茶，品尝美味清爽的点心，清风轻轻拂面，清淡的日子轻轻飘过，好一个清静悠闲的去处，好一块清心自然的地方。

说的是苏州。说的是苏州人在苏州过日子。

功成名就，寻一处僻静，做一个微醺的晚年，就足够，别的什么也不想要了。那许多从苏州走出去的人，每日每夜的故乡梦，做得悠悠长长，也是可想而知。或者科举登第的功成名就，年老归家；或者做了御史的官场失意，隐退回来；或者踏遍山河，又回到出发点，都如昨天的一场梦，今天回来了，干什么呢，重造一块山清水秀的地方修身养性以娱晚境，再辟一个自然清幽的角落远离尘世静坐参妙，多半的有代表性的苏州园林就这样造出来了。“今日归来如昨梦，自锄明月种梅花”，这是苏州园林里的楹联。锄月，有归隐之意，所以那个亭子，叫作锄月轩。坐锄月轩赏月，清茶一壶，三杯两盏薄酒，再一二知己，别无他求。苏州园林里楹联很多，“静坐参众妙，清淡适我情”，“灯影照无睡，心清闻妙香”，“虚窗留月坐清宵”，等等。说得多是心如止水，与世无争，大彻大悟，回归自然。回到了自然状态，再没有什么尔虞我诈你争我夺了，所以苏州的园林，多清静淡雅，少雍容华贵，在城市里，没有自然吗，就“造”一个自然吧；在人世间，没有清闲吗，就创造了一个清闲的世界。

所以你看园主的选址，多么地幽僻静雅，离闹市多么地遥远，在小巷多么深的深处，车马抵达不到的角落里，“远往来之通衢”。就说拙政园，从前的旧园门，就是开在一个小街最狭窄的一端，从旧园门进拙政园，要弯弯绕绕走上很长很深不见尽头的一段夹道，方能真正进入。再如耦园，在苏州城一角，三面环水，至今车子都开不到它的门口，“轩车不容巷”，名副其实。你官场很热闹吗，我不稀罕，我避得你远远的，你官场很凶险吗，我也不害怕了，我躲起来，你也找不着我了。如陶渊明般，“白日掩荆扉，对酒绝尘想”，你官场再热闹、再凶险，又奈我何？

真正是满载清闲了。离这个世界远远的，过平平静静的日子，大家知道苏州人性格温和，于是苏州人造了许多苏州园林，有了许多享受清闲的好去处。

那苏州人真的就是这么一辈子、几辈子地享受着清闲吗？他们真的就不要进取、不喜欢功名吗？如果真是这样，苏州那么多的状元又是从哪里来的呢？

苏州人考状元是全国有名的，从前苏州出的状元之多，考试成绩之好，是最令苏州人骄傲的。清代苏州出的状元，占全国状元人数近四分之一，占全省一半以上，苏州人曾经自豪地将出状元当成了苏州的“土产”，说：“夸耀于京都词馆，令他乡人惊讶结舌。”果然了得。

那么多的状元，从哪里来？天下掉下来？不可能，自己长出来？长出来也得有条件。在苏州，读书考状元的条件是好的，鱼米之乡，经济富裕，环境安逸，又是重视文化、崇尚教育的难得的好地方。苏州人早先是尚武的，后来经过教化，风气转变了，变得文质彬彬了。所谓的“孔子之道渐于吴，吴俗乃大变，千载之下，学者益众，空诗书而户礼乐”，就是这意思罢。苏州人又重视办学，比如范仲淹买了一块地，本来是打算造自家的住房的，后来听风水先生说，这块风水宝地，用来修造家宅，将来必定子孙兴旺，卿相不断的，范仲淹听了风水先生的话，说，既然这块地这么好，如果在这里办教育，那么得益将是更大的事情了，于是他也不造自己的住宅了，把地献出来建造学堂，并且还捐了办学经费。苏州人呢，还比较尊敬老师，还重视家庭教育和读书的风气，总之说来，苏州是块读书的好地方，苏州不出这么多的状元，难道叫别的地方出？

条件是不错的，但是如果没有读书人的刻苦用功，有好的条件也等于没有，苏州人也不见得就天生的比别地方的人更聪明，更会考状元，他们是苦读书苦出来的，他们是十年寒窗熬出来的。是什么东西，什么力量支持着苏州人苦读书，支持他们十年寒窗，甚至更长，就是苏州人的进取心。

一方面，许多出去做了官的苏州人，看透了官场的黑暗，不干了，回家来了，“三绝诗书画，一官归去来”；另一方面，更多的苏州人，苦守寒窗，日日夜夜读书，为了什么呢，为了考试考得好；考试考得好，又为了什么呢，为了做官，为了把官做得大一点，更大一点，到京城去，到皇帝身边去。继往开来，源源不官的苏州人读书、考试，考得好，走出去，又回来，又有许许多多苏州人读书，考试，考得好，走出去，又回来。循环往复，无穷无尽，流水般永远不堵，不腐，苏州人就是在这种往往复复的过程中进步。

苏州人是想进步的，是要好好读书想走仕途的，是想当官，当大官，到皇帝身边去。苏州人说，这才是我的本意，才是我的理想，只是现在，种种原因使我的理想离我而去，眼看着她越走越远，我追不上她了，怎么办呢，我就不追了，让她走罢，但是她走了，我又怎么办呢？我干什么呢？我从小到大，下了那么多工夫，吃了那么多苦头，读了那么多书，我吃了一肚子的墨水，我有一肚子的知识呀，我文章写得又好，画也画得不错，通古博今的就是我呀，我是有水平的，只是可惜了当今的皇帝看不中我，我怀才不遇，怎么办呢。我这等的才华，我这等的水平，都让它随着岁月的流逝而消失而飘逝？我于心不甘，虽然在仕途上我进取无望了，但并不等于在所有的方面我都无所建树了，我的才能还是要发挥出来的，还是可以发挥出来的。比如，我就好好地写文章，本来我的文章是想为皇帝写的，但是皇帝不要我写文章，他不要看我写的文章，他看了我写的文章就来气，就要贬我的官，甚至要杀我的头，那我就不替他写了，我写了文章也不给他看了。干什么呢，自己看看，给和我志趣相投的朋友看看罢了，或者，我就专心地画画，把我的画，画出点名堂来，如果许许多多人家里都把我的画挂在那里，大家因为能得到我的画而高兴，而骄傲，为得不到我的画而沮丧，而难过，我的自尊心也就大大地得到满足了呀。我的想干事业的一番苦心也没有泡汤，虽然在官场我没有干成什么惊天动地的大事业，但是我转换了我的方式方法，转换了我的志趣，在另外的领域，我成功了呀，说明什么呢，说明我是来事的，我是能干事情的，难道不是吗？

用过去的话说，叫作“隐于艺”。

我除了写诗、作文、画画，我还能做别的许多的了不起的事情，比如，你看，我在老家为自己造的住宅，怎么样？让我们这些主人公感觉到骄傲的，这就是苏州园林了。

从前苏州士大夫家多庭园，既有城市山林之野趣，又具可行、可望、可游、可居的功用，于是就有了一直保存到今天的，让全体苏州人都自豪的闻名世界的苏州园林，是苏州人的宝贵的历史文化的遗产，是中国的宝贵遗产，也是世界历史文化的宝贵遗产。

在这里苏州园林的特点也已经突显出来了，她更多的是私家花园，有别于其他园林。比如不同于皇家宫宛，不追求雍容华贵，苏州园林讲究的是清静雅洁，或者，换句话说，苏州园林的清雅是“讲究”出来的。这个“讲究”，是一个目的，也是一个过程，这个过程，当然也就是造园的过程了。

是谁造了苏州园林呢，当然是苏州人。比如中国四大名园之一的拙政园，就是苏州人造的，这个人叫王献臣，明朝，也是做了官的。在皇帝身边，也就免不了争争斗斗，王御史原先在朝中也是想有一番作为的，只是争来斗去，倾轧不过朝中权贵。又有人说他是为官古直，敢于抗权贵，甚至有“奇士”之称，那恐怕就更容你不得了，你有多大胆子，几个脑袋，敢得罪东厂特务，到底被诬陷贬职，官场失意。怎么办呢，有办法，此处不留爷，自有爷去处，或者是愤然辞职，老子不干了，或者是潇洒而去，拜拜啦您，总之是回老家了。还是老家好呀，金窝银窝，不如自家的狗窝，何况老家哪里就是狗窝呢，好得很呢。虽是失意回来，钱多少还是有一些的，拿些出来，造它一座园林。做什么呢，不做什么，种种花儿，钓钓鱼儿，消消停停，养养老罢。至于这园林，该怎么个造法，造成个什么样子呢，王献臣和他的好朋友文征明共同设计探讨。

文征明亦苏州人氏，诗书画三绝，巨匠，且与为人疏朗峻杰、博学能诗文的王献臣志趣相投，两人凑到一起商量怎么造园。刚刚选定了园址，王献臣心中已经大喜，拿了潘安的一篇文章，说：“庶浮云之志，筑室种林，逍遥自得，池沼足以渔钓，舂税足以代耕，灌园鬻蔬，经供朝夕之膳，牧羊酤酪，以俟伏腊之费，孝乎唯孝，友于兄弟，此亦拙者之为政也。”这大概是说，算了罢，既然官场待不下去，不待也罢，既然从政从不下去，不从也罢，回老家来，辟一块地方，造个园林，就在这里边了。浇浇园子，种点儿蔬菜什么的，不会说自己是浮云之志吧。设若争斗有胜，怕不愿轻易就退回老家呢，即使老家有拙政园这般的好地方，又像是有些心有不甘。看透了官场吗，看透了政治吗，看透了人生吗，看透了那边却看不透这边呀，报国无门呀，满腔的政治热情怎么办呢，往哪儿投呢？自己扑灭掉，于心不甘，想一想古训，读一读潘安，有了，一转换，就“隐于艺”吧，将政治的抱负移到了“造”园上来了，将个园林造得……怎么说呢，好极了。精妙绝伦，独具匠心，独树一帜，真正是“造”出一个自然清幽修身养性的好去处了。

苏州园林的主人，以官场遭贬、隐退回家的为数最多，所谓的“主人无俗态，筑圃见文心”，从前的人，极推崇“人品不高，用墨无法”的说法，正如今人所说的文如其人。今人也都相信，如苏州园林这般的神来之笔，平庸之辈是点不出来的，心境不平和的人是造不出来的，看不透功名利禄的人是筑不起来的，总而言之，俗人是不能和苏州园林沾边的。

难道当官就是俗，不当官就雅么，也不见得吧。当官本身并不是坏事，当官能为民做主，比起一个画家，比起一个诗人，比起一个苏州园林的园主，也许更能替给人民造福多多，也许这种比较是拙劣的，可笑的，但却是实实在在的。

我们所涉及的苏州园林的园主们，并不是不想替民做主为民造福，只是，他们在经历了官场仕途凶险之后，方才认定了隐逸这条路。但是即使他们认定了隐逸，在他们的内心深处，又是怎么样的呢？

我们没有那么多的闲工夫细细地将苏州园林一一看过，先看一看它的大门吧。我们得在曲曲弯弯的小巷深处，方能找到苏州园林的大门，这时候，我们站定脚步，可以仔细地看一看这扇大门了。

高高的，我们必须昂起头来才能细细看它，细砖雕刻。砖有多细呢，细得如粉捏成的罢，雕刻有多精呢。雕个人物，人物就是活的，雕个动物，动物就是真的，雕朵花，这朵花是鲜艳的，雕棵树，这棵树是有生命的。门楼上，层层叠叠地雕刻着各种各样的传说，文王访贤，郭子仪拜寿，三国里的故事，八仙，鲤鱼跳龙门，牛郎织女，再就是象征幸福，象征长寿，象征吉祥的种种图案，蝙蝠，佛手，麒麟，鹿，牡丹，菊花……

这时候，你不由自主地赞叹了，你的头颈也感觉到疲劳了，你的眼睛也有些酸了。你不妨再低下你的劳累的脑袋，放松你的眼睛，向地下看一看，你看到进入园林的这条小路，多用漂亮的鹅卵石或潇洒的散石精心铺成各种图形，你才猛然发现，你走进苏州的园林，你就走进了一个精心安排的世界呀。

这深深隐藏在僻静之处的园林之门和园林之路，是多么的用心，多么的雕凿，多么的有追求，多么的见匠心，多么的不淡迫，它们时时处处体现出吴文化的丰富多采的内涵。

园林中的亭台楼阁的布局，园林中的一花一草的安排，园林中的山山水水的设置，园林中一副副的对联，一条条的匾题，园林中的一点一滴，都是苏州人的杰作。设想一个真正的彻底“厌倦”，对生活完全无所求的人，能创造出这样的境界吗?

仅仅只是厌倦官场，对人生，对美好的东西，是不厌倦的，若不是怀着对生活的热爱，若没有对美的追求之心，焉能造出令人流连忘返、美不胜收的苏州园林?

无所求的只是他们求不到的功名利禄，于其他的东西，比如艺术，仍然是有所求的，也仍然是要和别人争个高低的。

苏州有个园林，园名叫作半园，园名取知足不求全的意思，这挺好，挺像苏州人的性格呀。苏州人，都说因为富足，便不敢把皇帝拉下马，也不是没有道理。但果然苏州人就胸无大志吗，也不见得，苏州人只知道在园林喝喝茶，饮点儿酒，写几首诗歌作几幅画吗？也不见得吧，苏州人从来也没有一点点野心吗，不想做大一点的官吗，不见得吧，只是种种原因做不成，做不成，怎么办呢，把当今皇上杀了？当然不，干吗要杀皇上，不杀皇上，不做官，我一样过日子呀，我的日子也能过得好好的，不比别人差，说不定还比别人好些呢，还能找个园林住住，不做官，那就不做罢。这就是苏州人，知足常乐，自得其乐。其实也未必，你看就这么个小小的半园，园主说，我就是要以“少少许胜人多多许”，既是知足，既是与世无争，又为何要去胜人，还有一个曲园也这样，取“曲则全”的意思罢，曲则全，终于还是想要一个“全”吧，只不过是以“曲”的形式，想求一个“全”的内容，以一个少少话的外表，去胜人家的多多许，胜了人家的多多许，自己也就更多多许了，这一来，离“无”就更远了呢，倒把世人唬得一愣一愣，以为苏州人真正都立地成佛呢，一佛出世，二佛升天呀，说江阴的强盗无锡的贼上海的乌龟苏州的佛，惭愧惭愧。

似乎也算是孙子兵法的灵活运用了，打不过你我就走，走到家里去，躲起来，你能奈我何？我躲在家里干什么呢，我干的事情，我的水平，我的追求或许比你官场的那一套更高些，我造园了，我作画了，我写诗了，比你一个做官的，更能流芳百世。

于是我们得承认王献臣是成功了的，他终于是有所作为的，他的“以此为政”的想法也算是如愿了，至于日后拙政园被他的儿子一夜之间赌输给别人，那时候王献臣也已不在人世，若九泉有知，作何想法，当是另外的一回事了。

而王献臣的最要好的朋友，当然应该算是最了解王献臣的一个，帮助他造起拙政园来的文征明，说王献臣，你呀，其实是身在江湖，心存魏阙，所谓的“回首帝京何处是，倚栏惟见暮山苍”。

苏州就是这个样子。她要表现出世，她想与世无争，但同时，她又极有追求的。只不过，苏州的追求，富有自己的独特的个性，苏州要出世，这就有了苏州园林的清静淡雅，苏州要追求，又有了苏州园林的精雕细刻。于是我们是不是能想到，清静淡雅，只是一种外在形式罢，它大概不是本质，若是本质，苏州园林就死了，苏州人也死了。

苏州到底是活着的。

苏州活在每一个生动的时代。

苏州小巷

从前，有一个人在路上走着走着，他就走到苏州小巷这里来了。他站在小巷的这一头，朝着小巷的那一头张望。噢，这就是苏州小巷，是拿光滑灵透的鹅卵石砌出一条很狭窄很狭窄的街来，像古装戏里的长长细细的水袖，柔柔的，也有的时候有点弯，这弯，就弯得很有韵味，叫你一眼望不到边，感觉很深，很深。

他就跟着这种很深的感觉走了。有一辆人力车过来了，他要让它经过，他的身体就已经靠在路边的墙上了，等人力车过去，他可以正常走路，就看见他身体的一侧，左边或右边的肩膀那里，已经擦着了白色的墙灰，他是用平静的眼光看了看身上的墙灰，用轻轻的手势拍一拍，就继续往前走了。正如从前有一个人写道："不念出声咒骂，因为四周的沉寂使你不好意思高声地响起喉咙来。"

小巷深处是一片静谧的世界，如果长长的小路是它的依托，那么永远默默守立在两边的青砖，黛瓦，粉墙，褐檐，便是它忠诚的卫士了，老爹坐在门前喝茶，老太太在拣菜，婴儿在摇篮里呀呀学语，评弹的声音轻轻弥漫在小巷里，偶尔有摩托穿越，摩托过后，又有卖菜的过来，他们经过之后，小巷更安静了，四周没有喧哗，没有吵闹，有远处运河上若隐若现的汽笛声。

这个人就走着走着，他呼吸着弥漫在小巷表面的生活的烟火气，他想，原来深深的小巷是肤浅的，是一览无余的呵。其实，其实什么也不用说了，因为这时候，他看到一扇半掩着的黑色的门，一种说不清的意图，让他去推这扇门，他的手触摸到了生锈的铜环，门柱在门臼中吱吱嘎嘎地响。

他不曾想到他推出了另一个世界。秋风渐渐地起来了，园子的树叶落了，叶子落在地上，铺出一层枯黄的色彩。他踩着树叶，听到松脆的声音，有一些乌青的砖，让脚下的小路绕过障目的假山和回廊，延伸到园子的深处，有一个亭子的亭柱剥剥落落，上面的楹联依稀可辨：

风风雨雨暖暖寒寒处处寻寻觅觅

莺莺燕燕花花叶叶卿卿暮暮朝朝

旧了的小园，是另一种风景，留得残荷听雨声，他想起了从前读过的句子。这是一个深藏着的精彩的天地，它是小巷的品格，结庐在人间，而无车马喧。

将它留在僻静的那里，他是要继续走路的，他又经过小巷里这一扇和那一扇简朴的石库门，他是不敢再轻视它们了。在这个简单的门和这个平白的墙背后，是有许多东西的。假如我是个诗人，我会写诗的，他想。

后来，他听到一个妇女在说话："喔哟哟，隔壁姆妈，长远不见哉。"

他是完全不能听懂她们的吴侬软语，但是从她们的神态里，他感受到家常的温馨。他真一个聪明而敏感的人。

从前，在平常的日子里，一个人在苏州的小巷里随随便便地走走，真是一件很好的事情啊。

两座老宅

在1985年或者1986年的某一天，我在苏州的报纸上看到一条小的消息：钮家巷3号潘世恩状元府里的纱帽厅修复了，居委会在那里办了书场，每天下午对外开放。第二天我就去看了，果然那一个大厅修理得崭新的，正在唱评弹，听客喝着茶，饶有兴致。我去看，是因为不懂，什么叫纱帽厅，什么是状元府，才去的。虽然从小在苏州长大，虽然苏州的古城里这样的故居旧宅很多很多，但是从前的我们，哪里去考虑什么历史和文化呢。我自己曾经住过的干将路103号，也就是一处典型的苏州老宅，一路三进，我们在里边吃喝拉撒，前院晒被子，后院跳牛皮筋，煤炉里整天升腾着世俗生活的烟火气，将雕梁画栋薰了又薰。那一处不知道是不是名人故居，现在已经没有了。后来我创作了第一部长篇小说《裤裆巷风流记》，1987年拍电视剧的时候，在大石头巷36号，我也去看过，也是一个很进深的老宅，有砖雕门楼，后来也没有了。现在在电视剧的带子里，还可以看到它当初的模样。

关于老宅和名人故居，过去我们是身在庐山，知之甚少。我的第一步，好像就是从钮家巷3号开始的。在1985年以前，我创作小说的题材，多半是知青生活和大学生生活或者东一榔头西一棒。那一天，我沿着钮家巷走过去，从此就很喜爱穿行在苏州的小巷老街，也没想到，这一走，竟然就不想再出来，即便是走了出来，也还是想着要回去的。

本来是一点也不了解什么故居状元府，那一天去了才知道了，钮家巷3号，这是清代的状元潘世恩的故居，称留余堂。他家里曾经有这样两块衔牌，一块是“祖孙父子叔侄兄弟进士”，另一块是“南书房行走紫禁城骑马”，据说这是很了得的。

有多少像钮家巷这样的巷子，就会有多少像留余堂这样的老宅故居，一向谦虚的苏州人，在这一点上，不要太谦虚才好。

如果说园林是苏州的掌上明珠，古塔寺庙是苏州的镇地之宝，那么老宅又是什么呢？散落在每一条小巷每一条老街的经经络络中的这些故居老宅，千百年，它们被道德文章熏陶，被名人的气质浸透了，知识的养料，也在这里渗足了，与此同时的千百年，老宅又将它们吸纳的这些气息经久不衰地散发开来，弥漫开来，让它们布满在苏州的土壤和空气中。这样的生生不息，老宅故居，便成为处处燎原的发源地了，在史册的每一页，我们都能看见有浓浓的文化烟火从这里升腾起来，在过往的每一天，我们都能感觉故人的精神气在这里行走。

如果说苏州园林是始终存于我们的心头的珍藏，那么这些老宅故居，便是时时刻刻地贴在我们身边的朋友和亲人，珍藏固然是无比珍贵的，但它毕竟有些遥远，朋友和亲人，是让我们更不能释怀，更心心念念牵挂着的一种关系啊。

所以会有人比爱苏州园林更爱苏州的老宅故居，会有人认为苏州老宅故居比苏州的园林更具价值意义。

那一天在钮家巷3号，我走了走，也不知道会走到哪里去，也没有想过要走到哪里去，但是我对于老宅、对于名人故居的情怀，却是从那时候结下去的。

至今我也仍然不能很彻底地理解和熟悉它们，它们所容涵的博大精深，恐怕是我穷一辈子努力也不能望其项背的，它们的一片砖一片瓦，它们的一副联，甚至都够让我们品咂和享用大半的人生了。

时间过去十七八年，现在回忆起来，那时候状元府的纱帽厅，给我留下了什么印象，已经说不太清楚了。记得清楚的，一二十年都未曾忘记的，却不是纱帽厅，而是当年住在名人故居中的“七十二家房客”，他们将状元府里的每一寸空间都填满了当代的世俗的生活，那样的一种状态。

数百年前，这里边只住一家人家；

数百年后，这里边住了几十人家。

我当时就这么想，这么感叹。这想法，这感叹，实在只是一个简单浅显的道理而已，却是至今也未曾忘却。

在以后的漫长的岁月里，只要有机会，我就会问一问别人，你们知道钮家巷3号吗？它现在还在吗？里边还住着那么多住户吗？它会拆吗？就这么心随着岁月在颠簸。

在漫长的岁月里，我也有机会重新经过钮家巷3号，站在门口，我朝里边张望，我真的不敢相信，从我第一次来这里，时间已经过去了十几年、快二十年了？

在漫长的岁月里，我一直担心着它，牵挂着它，好像它是我的老宅，我曾经住过，好像它是我建造起来的，我为它付出过，又好像与我有着某种特别亲密的关系和联系，因此，为它忐忑的心一直忐忑着，为它期盼的心也依然期盼着。我知道，只要它还在，担心和希望就是并存的。

现在要说的是另一处老宅：官太尉15号的袁学澜故居——双塔影园。

袁学澜是清代的诗人，1852年，年近50的袁学澜，从苏州乡间袁家村来到苏州城里，他买下了官太尉桥卢氏旧宅，“奉母以居”。

卢氏的旧居，“堂屋宏深，屋比百椽，”因邻近古刹，可见双塔影浮，袁学澜便在宅内隙地，筑成小园，据说这是袁学澜最为得意之作，“塔之秀气所聚，故仿明代文肇祉于虎丘塔影园故事”，取名为双塔影园。今天我们从袁学澜当年自撰的《双塔影园记》中，尚可寻见袁学澜对双塔影园的描述，“有花木玉兰、山茶、海棠、金雀之属，丛出于假山磊石间，具有生意。绕回廊以避风雨，构高楼以迎朝旭”，“萧条疏旷，无亭观台之榭之崇丽、绿墀青琐之繁华”，字里行间，无不充溢出自然质朴之气。

50岁的袁学澜，在这里课业子弟，写作诗词，会聚朋友，袁学澜在双塔影园，过他一生中最有意义的日子，著作了多种书籍，《姑苏竹枝词百首》《苏台揽胜百咏》《适园丛书》，今天我们若有机会去这些书籍中徜徉，也许不难追踪到这位“诗史”居于双塔影园四十余年的行迹，袁学澜一直活到90多岁，正应了“塔之秀气所聚、居者多寿”的古言。

只是，在历史曾经中断了的某一个日月，假如我们想起了这位诗学前辈，我们忽然地要想寻觅袁学澜的行为足迹，我们便从史书中走了出来，走到了官太尉15号。

茫然地站立在15号门前的官太尉桥头，看丛生的杂草，看破败的门楣，看居民提着马桶水桶进来出去，看炉烟袅袅，才恍然而悟，沧海桑田，时间已经过去了一百多年。在1997年以前的袁学澜的家，也和潘世恩的家一样，变成了居民大杂院，最多时，这里住进了六十多户人家，路进有致的建筑，任意地分割了，疏密相间的庭院，胡乱地填满了，哪里还有典型可言，哪里还有古意可寻啊。

难道历史真的遗弃了袁学澜？难道我们真的失去了双塔影园？

历史终究又开始延续了。也许因为中断，也许因为痛惜，历史也终究出现了一些奇迹，比如，她能够将两个远隔二百年的毫不相干的人联系起来：袁学澜和史建华，一个是古代的饱学的诗家，一位是现代的搞房地产的商人，历史就将他们结合在官太尉15号了。

我不知道史建华从前的经历，也不太清楚他对古建筑的钟情和挚爱从何而来因何而生，但是我曾经了解到，随着37号街坊改造序幕的拉开，保护街区内的古建筑，就成了史建华的所有行为的一个重要准则。作为当时区房产局的局长，史建华踏遍了地处37号街坊的街街巷巷，目睹一幢幢一处处的旧居老宅，在风雨中飘摇呻吟，砖墙剥落，栋梁坍塌；目睹居民们在新的时代里，依然过着三桶一炉的旧日子，史建华深知，他手里攥着的，不仅仅是一张张设计着未来的图纸，这些图纸，还将承担起保护那些饱经了风雨历尽了沧桑的旧宅故居的重大责任。这是真正的需要两手抓的事业，一手抓改造，一手抓保护，哪一手也不能软。

这两条手臂，很沉很沉，沉得都抬不起来啊。

如今，我们来到修复了的双塔影园，遥望双塔悬影，感受古园意趣，我们想象的翅膀自由地翱翔起来，我们的眼睛才能够再次穿越历史的长廊，跟着袁学澜，走过他居住在双塔影园的每一天。午后，郑草江花室，与友人“披文析义，瀹茗清谈”，“欣然忘倦”；傍晚，园中西眺，夕阳恰与双塔相映生辉，“五六月间无暑气，千百年来有书声”。从某种意义上说，修复了的，何止是一座双塔影园，是为我们追回着失落的历史，重新撑起差一点倒塌了的精神支柱。

我们何曾去细细地想过算过，搬迁老宅中的居民，重修摇摇欲坠的故居，将双塔影园恢复成两路五进、“屋比百椽”的旧时模样，所付出的代价、所承担的风险？但是我们终于明白，不能用简单的加减法去算这笔账，不能用普通的价值观和直接的效益观去衡量这样的作为。

那一天我们坐在双塔影园的杏花春雨楼，谈着保护古建筑的意义，窗外门前，园子里春意盎然，轩廊相对，池水清冽，有一瞬间，甚至心意和神思都恍惚起来，坐在这里的，是我们自己呢，还是袁学澜和他的诗友啊？

这就是今天的官太尉15号。

从钮家巷3号，到官太尉15号，使我想起了一个词：前世今生。

期望着，明天的留余堂以及在古城中尚存的二百处名人故居都会像今天的双塔影园，得以重生，得以焕发。亡羊补牢，应该还来得及，让世人，真正地了解，什么是老苏州。

苏州的老宅，它们所容涵的博大精深，恐怕是我们穷一辈子努力也不能望其项背的，它们的一片砖一片瓦，它们的一幅联，甚至都够让我们品咂和享用大半的人生了，让我们且沿着这扇已经打开的门，走进去吧，或多或少，我们一定会看到些什么的。

行走山塘街

一个人。

没有邀约身边的朋友，也没有陪同远方的客人。

一个人，就这样，说来就来，就到山塘街来了。

这必须是一个人。因为这是一次专一的约会，是一个深情的凝望，不要多余的陪衬，也不要世俗的什么干扰，就是一个人和一条街的交流，一个人和一条街的相遇相拥。

秋已经很深了，很有些凉意。风，从长长的街头过来，一直穿到街尾，没有人能够躲避掉风，但心里头却是暖暖的，因为回家了，因为回到童年了。

家是暖和的，童年是温馨的。

此时此刻，怀揣着浓浓的回家的情意，我站在了山塘街这里。可是我的思绪却又飞出去好远好远。我在回想，回想在许多忙乱的年岁中，回想无数置身他乡的时光。在这些岁月，在这些时光，忽然的，甚至是完全没来由的，思乡的情绪就会升出来，思绪飞越距离，飞越繁杂，落在我家乡的山塘街。比如有一次，我在鼓浪屿的沉静的悠远的气息中，忽然就想家了，想家乡的山塘街了，在鼓浪屿的某一幢墙面斑驳的旧宅前，在鼓浪屿的某一条蜿蜒细长的小巷里，我恍惚以为我已经回到了家乡，我甚至以为这就是山塘街。可能还有一次，我身处大厦高层上，事务缠身，心绪烦乱，望着窗外烈日下的幢幢高楼，被高楼的玻璃墙折射的阳光灼伤了眼睛的时候，我又一次，忽然地想起了山塘街。

现在好了，再也不用恍惚，再也不用似醒似梦了，我真真实实就回到山塘街了。手真真切切触摸着青砖墙，脚踏踏实实踩着条石地，眼睛也明明白白地看着了山塘街，甚至我呼吸的空气，我都知道是山塘街的。

曾经的苏州城里曾经处处都是山塘街，山塘街曾经就是我们的窗景，就是我们挂在墙上的画，推开前门，打开后窗，家家临山塘，户户尽枕河。但是现在，我必须要到山塘街去寻找山塘街，去寻找山塘街的这些曾经的生活常景了。

幸好还有山塘街。

小时候，年轻的时候，曾经多少次去虎丘，又多少次去阊门，也多少次听说山塘街就是连接虎丘和阊门的纽带，但在心理位置上却始终没有搞明白，只是觉得，虎丘是那么远，远到只有远方来客的时候才有可能去看一看虎丘，而阊门又是如此的近，近到想买个什么日用品了，就去了，方便得就像是自家门口的小烟纸店。把那么遥远的虎丘和如此近切的阊门联系起来，这根纽带得多长呀？

七里，这么多年我们耳熟能详的不就是这个“七里”吗。一直以为七里山塘只是一种说法，这个“七里”，也许就像过去苏州人常说的“六门三关五钟楼，七塔八幢九馒头”“商量北寺塔，兜转六城门”，等等，这其中的数字，恐怕大多是虚指而非实在。

所以，七里，可能只是一种概念，是一种象征的意义，不一定就是七里。苏州的大街小巷是深的，是长的，长七里，甚至比七里的更长也有。

只不过那是在从前。经过了千百年历史风雨的洗礼，经过千百次时代变革的切割，如今的“七里”还剩下多少？七里山塘这座宝库里还留下些什么残余剩渣给它的后人？

很长的时间里，我的内心就这么担忧着，我的思想就这么犹豫着。小时候曾经走过山塘街的那一段、哪几段，如今已忘得一干二净，等到长大了，等到要老去了，苏州的街街巷巷，都已经改变了面貌，变得我们不认得了，变得令人感叹令人扼腕，苏州城都已经变了模样，山塘街还在哪里呢？

历史似乎也强行地跳过了一段又一段，让人找不到历史与历史之间的链接了。于是，总有些怀疑，经历沧桑后的山塘，还值得去走一走、看一看吗？

我还是来了。我一定会来的。

因为热爱，因为热爱苏州，因为怀揣着对山塘街的期望。

车子停在车水马龙喧嚣繁华的大马路上，在广济路新民桥堍，下十几级台阶，忽然地、顷刻间，就换了一个世界。

古老的山塘街就在桥下，就在我的眼前，从遥远的历史中突然地显现出来了。

我在桥下站了一会，头顶上是轰隆隆的车声，桥下却一片宁静，虽然人并不少，南来北往的游客，和苏州本地的老百姓，在山塘街穿梭往来，有许多人慢慢悠悠的，体会着山塘街的内涵，这是渗透着丰富情感的文化之行；也有许多人脚步匆匆，但那是一种是过滤了浮躁的行走，无论快还是慢，你到了山塘街，你就不一样了。

就这样，我开始行走在山塘上，我一个人，和许许多多来到山塘街的人一起，走在山塘街上。

先往东走，这是修旧如旧的一段山塘。一路看会馆，看戏台，看工艺大师的作坊，看各色商店小店，看沿河的景色，短短数百米，已经看得眼花，走得腿酸，而新修复的这一段，仅有整个山塘街的七分之一的长度。到这时候，我才刚刚开始了解七里山塘的货真价实，才刚刚开始领略和体会“七里山塘七里船，船船笙歌夜喧天”的意境。

站在修复了的玉涵堂前，几乎不敢相信自己的眼睛，六千多平方米的玉涵堂，四路三进后花园，大到全宅规模结构，小到砖雕门楼漏花窗，都完整得让你忘记了今天，忘记了时光的流失，恍惚间就身处在吴一鹏的时代了，恍惚间就回到了明朝，回到了一个遥远的梦中。站着，看着，一时间竟觉得什么话都说不出来，无尽的无限的感叹，堵塞了嗓门和心眼。

这座号称“苏州城外最大的建筑群”的玉涵堂的保存和修复的过程，无疑是充满艰辛充满矛盾的，保护者和修复者们所付出的代价，更是我们难以想象、难以估量的。我们只是站在戏台下看戏的观众，享受着戏台上炉火纯青的表演，光会咧着嘴傻乐，却又何曾去体会这炉火纯青的艺术是怎么得来的。

在山塘街上，如玉涵堂一般重新获新生的古建筑，那许多会馆，那许多亭台楼阁，那许多旧趾遗迹，虽然无声无言，却无不用它们弥坚的身影在向我们倾诉着，重回山塘，不是梦。

看过玉涵堂，我就往西走了。穿过桥洞，西边立刻又是另一番天地，浓浓的生活烟火气扑面而来，卖货的和买货的挤挤攘攘，狭窄的街道两旁，摊开的是苏州百姓的日常生活，地摊上，应有尽有，什么都有，只有你想不到的，没有它不存在的。

不知道是因为东西多，人才会多，还是因为人多，东西才多，总之这里的人群是比肩接踵，有一辆误入小街的外地小货车，被人群和非机动车堵住了，进退两难，还有一个外地的单身游客，被这尽情铺展的平常生活场景迷惑住了，他一定在想，这就是名闻遐迩的山塘街吗？这怎么像是我家附近的菜市场呢。他把疑惑抛向了路旁一位摆摊卖棉鞋拖鞋的苏州大妈，我好奇地凑过去听大妈的解释，我听到大妈告诉他，你往东边走吧，东边那里，是古色古香的山塘街。那个单身游客，似信非信，但是他听从了大妈的指点，往东边去了。

我感受到大妈身上散发出苏州人的热情、好客，要面子，其实大妈，你所在地方，也是山塘街呀，只不过它是山塘街存在的另一种形式。

这种形式太过世俗，太过实在，让远方来的客人无法与自己梦中的山塘对上号，于是，他们往东边去。

而我，则继续往西走。

我终于走到了我最想去的山塘街。

静静的山塘街，基本保持了原貌的山塘街，

很奇怪，那一段人物混杂、繁乱的山塘街和这一段平静空灵的山塘街之间，并没有什么东西加以隔断，更没有什么明显的标牌，但这种宁静，说来就来了，一下子，就从乱哄哄的街摊那儿来了。

街上几乎没有行人，但街两边的民宅却几乎全都敞开着大门或小门，一种久违了的，闲适的，世外桃源般的生活图卷，展现出来了。

我不由自主地放慢了脚步，在这个幽静的山塘街街段上，慢慢地行走。太阳升起来了，寒气退了许多，居民出来晒衣被了，邻居间也有一些招呼声，但是很平常很低调，没有惊动任何人。就这样，我从山塘街的东头一直往西走，对山塘街上的老宅，一家一户，有滋味有味过看过来，看过去，在普通的甚至是低矮旧陋的民宅之间，我看到了汪氏义庄，看到了柳氏家祠，我走过了陕西会馆、山东会馆，面前，还有许多……间夹在普通民居中的深宅老院，那真是庭院深深深几许。

在我的印象中，山塘街的东段修复之后，东西两段相映相衬，体现的历史与现实结合点上的山塘街，应该是一幅双面绣，但现在我知道了，山塘街已经不是双面绣，它是三足鼎。一条长街，三段精彩，七里山塘，多样风貌。它涵盖了古今，它融合了现实与浪漫，它让我们知道，生活，本来就是多面的，是立体，是什么都有的。

某个小楼的窗口，飘出了熟悉亲切的评弹声，那一瞬间，我感觉到，我饿了。

为了吃，我又折回了山塘街的东段，坐到五芳斋吃了鲜鲜的大馄饨和香香的臭干，不光嘴上吃着，眼睛还瞄着那一长溜的苏州小吃：鸭血粉丝汤、豆腐花、生煎、小笼、汤团、酒酿圆子……真是既饱了口福，又饱了眼福呵。

我坐在店里吃东西，看着店外街上的人继续来来往往，我忽然想，我们的古古城已经丢失了许多山塘街、山塘河，我们不能再丢失一草一木一寸土地了，坚守住古城最后的老街，是我们每一个苏州人的责任。修复一条老山塘、留下苏州人以前的生活的旧影，这一种功德不亚于建设十条百条“新山塘”。让今天的苏州人，让苏州人的子孙后代，也让无数的外地人外国人，都来走一走老山塘，从老街上获得感受，从旧巷里汲取养料。

我在一家小店买了一张水墨山塘手绘图。从山塘街回来，我要做的第一件事，就是打开地图。将眼前的地图和刚刚走过的山塘实景配合起来，山塘街在我心里的痕印就更深刻也更生动了。山塘街，它是清泉，是拂面的春风，是一弯细细长长多彩的水袖，是一条串起了无数珍宝的神奇的链，是一艘承载着普通和特殊、携带着昨天驶向明天的航船。或者，它什么也不是，它就是独特的一条存在了上千年的实实在在的老街。老街本不是什么稀罕之物，凡过去的街，都可称之为老街，但是在新时代，过去的街越来越少了，保持着原貌的老街更是凤毛麟角，走在这样的老街上，你的心理会涌起很多很多东西，但是你说不清楚它是什么，你甚至一句话也说不出来。也许，正是因为说不清楚，就不出来，才会去走，才会走了还想再走，才会回去以后心心念念地想着它，才会梦回萦绕地丢不开它。

如果把山塘街比作是一幅画，我希望这幅画，从古代挂到今天，再从今天挂到未来，历经风雨，不褪色，不走样，常挂常新。

到平江路去

在一个阴天，将雨未雨的时候，带上雨伞，就出门去了。

小区门前的马路上，是有出租车来来去去的，但是不要打车，要走一走，觉得太远的话，就坐几站公交车，然后下去，再走。

走到哪里去呢？是走到自己愿意去的地方，喜欢的地方，比如说，平江路，就是我经常会一个人去走一走的古老的街区。

其实在从前的很漫长的日子里，我们曾经是身在其中的，那些古旧却依然滋润的街区，就在我们的身边，它是我们的窗景，是我们挂在墙上的画。我们伸手可触摸的，跨出脚步就踩着它了，我们能听到它的呼吸，我们能呼吸到它散发出来的气息，我们用不着去平江路，在这个城里到处都是平江路，我们也用不着精心地设计寻找的路线，路线就在每一个人自己的脚下，我们十分的奢侈、十分的大大咧咧，我们的财富太多，多得让你轻视了它们的存在。

日子一天一天地过，我们糊里糊涂，视而不见，等到有一天似乎有点清醒了，才发现，我们失去了财富，却又不知将它们丢失在哪里了，甚至不知是从哪一天起，不知是在哪一个夜晚醒来时发生的事情。

我们的时代，是一个新闻接一个新闻的时代，这些新闻告诉我们，古老的苏州正变成现代的苏州，这是令人振奋的。没有人会不为之欢欣鼓舞，只是当我们偶尔地生出了一些情绪，偶尔地想再踩一踩石子或青砖砌成的街，我们就得寻找起来了，寻找我们从小到大几乎每时每刻都踏着的、但是现在已经离我们远去的老街。

这就是平江路了。平江路已经是古城中最后的保存着原样的街区，也已经是最后的仅存的能够印证我们关于古城记忆的街区了。

平江路离我的老家比较远，离我的新家也一样的远，我家的附近也有可去的地方。比如新造起来的公园，有树，有草地，有水，有大小的桥，有鸟在歌唱。但我还是舍近而求远了，要到平江路去，因为平江路古老。在一个欣欣向荣的城市里，古老就会比较的金贵值钱。

在喧闹的干将路东头的北侧，就是平江路了，它和平江河一起，绵延数里，在这个街区里，还有和它平行的仓街，横穿着的，是钮家巷、肖家巷、大儒巷、南显子巷、悬桥巷、录葭巷、胡厢使巷、丁香巷，还有许多，念叨这一个一个的巷名，都让人心底泛起涟漪，在沉睡了的历史的碑刻上，飘散出了人物和故事的清香。

要穿着平跟的软底的鞋，不要在街石上敲击出的咯的咯的声音，不要去惊动历史，这时候行走在干将路上的一个外人，恐怕是断然意想不到，紧邻着在现代化躁动的，会是这么的一番宁静，这么的一个满是世俗烟火气的世界。

曾经从书本上知道，在这座古城最早的格局里，平江街区就已经是最典型的古街坊了，河街并行、水陆相邻，使得这个街区永远是静的，又永远是生动活泼的。早年顾颉刚先生就住在这里，他从平江路着眼，写了苏州旧日的情调：一条条铺着碎石子或者压有凹沟的石板的端直的街道，夹在潺湲的小河流中间，很舒适地躺着，显得非常从容和安静。但小河则不停地哼出清新快活的调子，叫苏州城浮动起来。因此苏州是调和于动静的气氛中间，她永远不会陷入死寂或喧嚣的情调。

以前来苏州游玩的郁达夫也议论过这一种情况，他说这街上的石块，和人家的建筑，处处的环桥河水和狭小的街衢，没有一件不在那里夸示过去的中国民族的悠悠的态度。

这是从前的平江路。令人难以想象的是，生活在今天的我们，走在今天的平江路上，仍然能够感受到昨天的平江路的脉搏是怎样的跳动着。我们一边觉得难以置信，一边就怦然心动起来了。

很多年前的一天，白居易登上了苏州的一座高楼，他看到：远近高低寺间出，东南西北桥相望，水道脉分棹鳞次，里闾棋布城册方。不知道白居易那一天是站在哪一座楼上，他看到的是苏州城里的哪一片街区，但是让我们惊奇的是，他在一千多年前写下的印象，与今天的平江街区仍然是吻合的，仍然是一致的。甚至于在他的诗文中散发出来的气息，也还飘忽在平江路上，因为渗透得深而且远，以至于数千年时间的雨水也不能将它们冲刷了，洗净了。

现在，我是踏踏实实地走在平江路上了。

更多的时候，到平江路是没有什么事情的，没有目的，想到要去，就去了，就来了。除了有一次我忽然想看看戏剧博物馆，那是在某一年的国庆长假期间，我正在写一个小说，写着写着，就想到戏剧博物馆，它在平江路上的一条小巷内，我找过去。但是那一天里边没有游人，服务员略有些奇怪地探究地看着我，倒使我无端地有点心虚起来，好像自己是个坏人，想去干什么坏事的，这么想着，脚下匆匆，勉强转了一下，就落荒而逃了。

那一天的时光，倒是在逃出来以后停留下来的，因为逃出来以后，我就走在平江路上了。

世俗的生活在这里弥漫着，走着的时候，很有心情一家一家地朝他们的家里看一看，这是老房子，所以一无遮掩的，他们的生活起居就是沿着巷面开展着，你只要侧过脸转过头，就能够看得很清楚，我不要窥探他们的生活，只是随意的，任着自己的心情去看一看。

他们是在过着平淡的日子，在旧的房子里，他们在烧晚饭，在看报纸，也有老人在下棋，小孩子在做作业；也有房子是比较进深的，就只能看见头一进的人家，里边的人家，就要走进长长的黑黑的备弄。在一侧有一丝光亮的地方，摸索着推开那扇木门来。就在里边，是又一处杂乱却不失精致的小天地，再从备弄里回出来，仍然回到街上，再往前走，就渐渐地到了下班的时间了，自行车和摩托车多了起来，他们骑得快了，有人说，要紧点啥？另一个人也说，杀得来哉？只是他们已经风驰电掣地远去了，没有听见。一个妇女提着菜篮子，另一个妇女拖着小孩，你考试考得怎么样。她问道，不知道，小孩答。妇女就生气了，你只知道吃。她说，小孩正在吃烤得糊糊的肉串，是在小学门口的摊点上买的，大人说那个锅里的油是阴沟洞里捞出来的，但是小孩不怕的，他喜欢吃油炸的东西，他的嘴唇油光闪亮的。沿街的店面生意也忙起来，买烟的人也多起来，日间的广播书场已经结束，晚间的还没有开始。河面上还是有一两只小船经过的，这只船是在管理城市的卫生，打捞河面上的垃圾，有一个人站在河边刚想把手里的东西扔下去，但是看到了这个船他的手缩了回去，就没有扔，只是不知道他是多走一点路扔到巷口的垃圾箱去，还是等船过了再随手扔到河里，生活的琐碎就这样坦白地一览无余地沿街展开，长长的平江路，此时便是一个世俗生活的生动长卷了。

就这样走走，看看，好像也没有什么多余的想头。

所以，到平江路来，说是怀旧了，也可以，是散散步，也对，或者什么也不曾想过，就已经来了，这都能够解释得通，人有的时候，是要做一些含含糊糊的事情。但总之是，到平江路来了，随便地这么走一走，心情就会起一点变化的，好像原本心里空空的，没有什么，但是这么一走，心里就踏实了，老是弥漫在心头的空空荡荡、无着边际的感觉就消失了。

这一种的生活在从前是不稀奇的，只是现在少见了，才会有人专门跑来看一看，因此在这一个长卷上，除了生活着的平江路的居民百姓，还会有多余的一两个人，比如我，我是一个外来的人，但我又不是。

不是在平江路出生和长大，但是走一走平江路，就好像走进了自己的童年，亲切的温馨的感觉就生了出来，记忆也回来了，似曾相识的，上辈子就认识的，从前一直在这里住的，世世代代就是在这里生活的，就是这样的一种感觉。

知道平江路上有许多名胜古迹，名人故宅，园林寺观，千百年的古桥牌坊。我去过潘世恩故居，去过洪钧故居，去过全晋会馆，尤其还不止一两次地去过耦园。但是我到耦园，却不是去赞叹它精湛的园艺，觉得耦园是散淡的，是水性杨花的，它是苏州众多私家园林中的一个另类，它不够用心，亦不够精致。去耦园因为它是一处惬意的喝茶聊天的地方，或者是一个温婉的情绪着落点。也因去耦园的路，不要途经一些旅游品商店，也不要有乌糟糟吵吵闹闹的停车场，沿着河，踩着老街的石块，慢慢地走，走到该拐弯的地方，拐弯，仍然有河，再沿着河，慢慢地走，就走到了耦园，其实就这样的走，好像到不到耦园都是不重要的了。

就是以这样的实用主义的心思才去了耦园，因为耦园是在平江路上，耦园与平江路便是一气的，配合好的，好像它们只是一个平平常常的百姓的栖息之地，是没有故事的，即使有故事，也只是一些平淡的不离奇的故事。

平江路是朴素的，在它的朴素背后，是悠久的历史和历史的悠久的态度，历史到底是什么呢，难道不就是人民群众的普通生活吗？

所以我就想了，平江路的价值，是在于那许多保存下来的古迹，也是在于它的延续不断的、任何力量也不能使之中断的日常生活。

在宋朝的时候，有了碑刻的平江图，那是整个的苏州城。现在在我的心里，也有了一张平江图，这是苏州城的缩影。这张平江图是直白和坦率的，一目了然，两道竖线，数道横线。这些横线竖线，已经从地平面上、从地图纸上，印到了我心里去，以后我便有更多的时间，有更任意的心情，沿着这些线，走，到平江路去。

花山隐居为哪桩

花山就在苏州吴中，但是从前有许多苏州人居然不知道花山，即使有知道的，也蛮难去到花山。看起来，花山的名气还不够响呢，去花山的路也不够畅通哦，那时候确实就是这样的，那时候我们去花山，即便有车，从城里开到花山，一路土道颠簸，至少得花上一个半小时，难怪古时候就有人说花山是“地僻”“石奇”。因为“地僻”，“石奇”到底怎么个奇法，也就少为人知了呀。

时间就这么走呀走呀，走到了今天，今天我又到花山来了，仍然是从苏州城里出发，靠着神灵般的GPS，出了家门就上南环，上了南环就转西环，出了西环就是太湖大道，实在是令人难以相信，不到半个小时，花山已经在眼前了。

这就是花山景区的入口处了，地方并不算大，却是一望无边的，因为到处是山是树是花是木，这些东西，你当然是看不尽的。

我要找的落脚点叫作“花山隐居精品酒店”，这个隐居隐在哪里呢？肯定就是很近切的地方了，因为我甚至已经感受到了它的气息，可是我竟然找不到它。短短的几十米的路，车子开过去，没看见，车子再开过来，又没看见，只好停下来问停车场的一位师傅，师傅手一指，说，咦，就是这里呀。车子又开过去，仍然没看见，真是奇了怪，不好意思再次去询问那位师傅，只得先将车停下来，人下了车，往旁边角落里一个狭小的门洞过去，想着再找人打听一次吧。

其实不用再打听了，这个狭小的门洞，就是隐居了。

当然就是隐居了。

我为什么会站在隐居门口找隐居呢，是因为它的门洞太小、它的店招站在地上又很矮？其实，更是因我们的思维早已经被铺天盖轰轰烈烈的“高大上”所遮蔽所覆盖，我大约是想找一扇大大的豪华的金光灿灿的门呢。

那当然不是隐居。

隐居的大门就苏式园林中的小门洞，也就是苏州普通老百姓人家的普通的家门。

其实它又是不普通的。一点也不普通。我们生活在现代这个社会，许多普通的东西已经没有了，它们变成了负担，变成了压力，变成了浮夸，变成了装模作样和装腔作势。

所以，我们追寻着普通而来，追寻着苏州老百姓和苏州文人的足迹而来，一定是有缘千里来相会，一定是有不普通的收获的。

门楣上有“空山可留”四个字，十分可心，小门洞里边的天地也不算大，一个疏朗精致的小园，小亭古树曲桥灵石应有尽有，又有足够的空间安放你想安放的心灵、眼睛、身体等，紧与松，疏与密，搭配得恰到好处；一座粉墙黛瓦的小楼，总共有二十间房间，区别每一个房间的不是用几零几，而是用“心”，鉴心居，静心居，清心，沉心居，惠心居……

我住的那一间是随心居。

真是有缘，真是很随我心意，立刻不自禁地欢喜起来。开门进去的时候，真有一种被融化了的感觉。

这时候，舒婷的短信来了，问我到了没，怎么安排。我回说，先到的人，可到一楼茶室喝茶聊天，也可在房间休息。舒婷已连日奔波，为文学事业操心跑腿，她选择休息，我还很体贴关照，告诉她一个自以为是的经验：大白天的，如果睡不着，就把电视打开，听着电视里的声音，就能入睡了。

我下楼喝茶聊天去了。过了不多久，舒婷也来了，她哼哼哼地责怪我说，你还让我打开电视睡觉，我找遍了房间也没找到电视机。

却原来，这个隐居是当真了，它真的就是个三无隐居，无电视，无电话，无宽带。

却原来，我们许多人，早已被浅陋浮躁所浸淫，早已被现代物质所俘虏，我们已不能隔断世俗片刻，我们已不能偷得浮生半日，何况我们还乐在其中，我们还乐此不疲，我们完全闻不到自己身上的变异的气味，我们完全听不到我们所发出的刷屏的声音。

我重新回到我“随心居”，这一回我静静地坐在这个三无的屋里，不是打坐那样的坐，是随心而坐那样的坐，我想闻一闻原来的我的气味，我想听一听原来的我的心声。也许我闻不到，也许我听不到。但是，毕竟，在这个日子里，这个下午，我做了这样的一件事，静下来，丢弃杂念，随心而走。

无论是窗外的鸟鸣树声，还是灵魂的喃喃自语，或是同行们的欢笑，在花山隐居里，它们是那么的纯净，那么的令人心醉。

我从随心居出来，看到女服务员在给大家续茶，她有着纯静的动作和笑容，连脚步，连背影都是纯净的，她的服装也是朴素而纯净的，这样的女子，就是属于花山隐居的，是只属于花山隐居的。

住在花山隐居的整整两天中，无论是早餐或中餐，无论是茶聚还是偶遇，我无数次看到她在微笑，或者说，我只看到她在微笑，不由疑惑起来，难道花山隐居只有她一位服务员吗。我得到的回答是，这个精品酒店，确实只有两位女生，另有两位男生，是轮班的，我们来的这两天，恰好没轮到他们，所以留在我们记忆中的，就是这样的唯一的纯净的微笑。

这是花山给予我们的精神抚慰。

我们在隐居里隐居着，那么，花山又在哪里呢？

花山就在隐居这里，隐居的窗后就是花山，隐居的门前也是花山，隐居在花山的怀抱里，花山的风姿映照着隐居，花山的气息在隐居升腾……

是的，我们明天是要去登爬花山的，这是自然美景与人文遗迹交织遍布的花山，这是隐逸清幽佛光拂照的花山。我们将行走在曲径通幽的花山鸟道，我们将面对数百处的名人手迹的摩崖石刻。莲花峰一直在上面等着我们，高度只有一百多米的莲花峰，却有“驾云”之称，山不在高，有花则灵。这花，是自然造物的花，亦是一代又一代文人百姓给后人留下的精神瑰宝。

明天，我们将和他们相遇。

今夜，且在隐居安睡，想一想，花山隐居为哪桩。

梅花驿站

很久很久以前，有一个人，他上路了。从此之后，他就一直走在路上。

他或者步行或者骑马，或者乘船或者坐车，他走呀走呀，走了很长很长的时间，他已经记不清走了多少路，甚至已经不知道从哪里走到了哪里，但是路仍然没有尽头，征途遥遥无期，曾经储备了无穷无尽的力量，也曾经以为自己永不疲倦，但忽然间，他感觉到了累。

累，是一个念头，也是一个事实，它缠上了他，他甩不掉它。因为背负了沉重的“累”，他走不动了，也不想走了，他情绪低落，精神郁闷，路上的美景再也打动不了他，对目标的向往也不再能够鼓舞他。于是他明白了：我该歇一歇了。他对自己说，找一个驿站停下来吧。

停下来以后，歇过以后，再继续走，还是不再走，他现在还不能给自己答案，一切都还都是一个未知数。

他是一个爱花的人，他不知道在前边的路上等待着他的驿站是一个什么样的驿站，但他心里暗暗期望，能够找到一个花的驿站。

他果然找到了一个花的驿站。在尽情绽放的四月天里，他来到了牡丹驿站。牡丹妖娆欲滴，艳压群芳，羞煞玫瑰，虚生芍药，没有人能够对天骄花王指三说四指手画脚。许许多多的路人在这里驻足，久久不舍离去。

他也一样喜欢牡丹。他喜欢牡丹的灿烂热烈，他敬仰牡丹的壮观大气，他感谢牡丹把美丽带给了人间，但是他知道牡丹不是他的驿站，他没有停下来。

继续走，就走进了夏季。炎热的一天，太阳当头照，汗水洒在脚下。他热了，渴了，来到一片水边，埋头喝水洗脸，清清凉凉一抬头，眼前便是“接天莲叶无穷碧，映日荷花别样红。”

出淤泥而不染，面对荷花的品格，他感动着，忙着检点自己的言行，深深觉得自己做得还很不够，差距还很远，他要给自己更多的时间去修正，去提升。而这一种修正，这一种提升，应该是边走边做的。

知了叫得急，云也密起来，快要下雨了，他得上路了，去走，去修正，去提升。

吩咐秋风此夜凉。离开荷花驿站，他远远就看见了，前面，满城黄花正等候着他。他是一个爱花的人，和喜欢牡丹、荷花一样，他也是喜欢菊花的，怅对西风、尺素扮金秋。

可是，秋风起了，菊花黄了，香渐远，冬天的信息也就紧跟着来了，冬天是一个终极，冬天是一个句号。

一想到句号，他的心就乱了，一年就这么不知不觉匆匆忙忙地走过了？好像什么也没有留下，好像什么也没有收获，这个句号怎么画得上？他着急了，我花开后百花杀，菊花让他站立不安，停留不下，还是快快地走吧，时不我待，机不再来，再不努力向前，一年又过去了呀！

他又走了。

他走得疲惫又疲惫，寒冷和肃杀又夺走了他最后的动力。他的脚，他的马，他的船和车，都熄火了。他的心也快熄火了。忽然间，墙角一枝梅点亮了他暗淡的心：梅花驿站到了。

来不及赏梅咏梅，一头扎倒呼呼大睡，他做梦了，梦见自己变成了一株梅花，在悬崖上，因为站得高，他看见了百花的家乡，看见了人间的一切，烦躁的心情宁静了，焦虑的目光悠远了，依稀中，听到有谁在问：百花之中，你是最早开，还是最晚开？他笑了，梅花从不在意是最晚开花还是最早开花，也不争春，也不争宠，只是年复一年把春报。

从梅花梦中醒来，周身舒坦，身体的劳累和心灵的疲乏都被洗净了，他找到了答案，知道自己该怎么办了，他要重新上路了，继续走，一直走到下一个梅花驿站。

2007年初春的一天，我也找到了我的梅花驿站，它深藏在太湖西山缥渺峰的一个山坞里。

阳澄湖边是我家

从实际距离说，我的家，或者更确切地说，代表“我家”的那个房子，并不在阳澄湖边上，这中间是有距离的，站在我家的门口，是看不见阳澄湖的。如果驱车前往，大约要半个小时，我才能看到阳澄湖。

这个距离并不算很近，但不知为什么，当我要写这篇与阳澄湖有关的文章时，“阳澄湖边是我家”这个题目一下子就跳了出来，在酝酿和写作文章的过程中，我曾经几次想换一个其他的题目，却怎么换也不能让自己满意了。这真是一锤定音，一见钟情了。

这就说到了“家”，在阳澄湖边的这个“我家”，是一种心理上的感觉，是一种情感上的印象，说得更实在一点，就是觉得，和阳澄湖很亲近，没有距离，零距离，于是，就把“我家”拉近到了阳澄湖边上，把阳澄湖放在了我的眼前，印在了我的心底。

这是一个精神的过程，或者说是一个精神享受的过程。其实它并不是凭空跳出来，也不是毫无依据的，它是有前提，有预兆的。

记得那是好几年前的事情了，有一天忽然听朋友说，阳澄湖上有个小岛，叫莲花岛，岛上绿荫覆盖，岛民养鱼养蟹，是一个难得的世外桃源。那里有农民的老宅院，可以卖给城里人，而且据说价格也不算贵，靠写文章为生的文人。如果稍有些积蓄的，也能承担得起，不用像买新房那样贷多少多少款，做多少多少年的房奴。不听则罢，一听之下，心里就激动起来，立刻就有了一种寻找的心情，寻找什么呢？似乎是要寻找一个“家”，一个另类的、简单的、能够摆脱开纷繁复杂、远离世俗的去处。

冲动之下，立刻前往，但结果在半途因为其他事情耽搁了，最终没有上得了莲花岛，没有寻找到那一个令人向往的“家”。

其实后来才知道，那一次即使上了莲花岛，也是买不到这个“家”的，因为有关宅基地的政策，还因为其他种种的原因。所以，传说只是传说，现实就是现实。

从此之后，在莲花岛买“家”的念头就渐渐地打消了。大约过了一年，或者一年半，忽然就有了个机会，上莲花岛了。

在踏上莲花岛的那一瞬间，那个已经淡去了的寻找一个“家”的念头又回来了。所以，那一天在莲花岛上，我到处走动，一直在东张西望，凡经过一些老宅院，总是忍不住朝里边探头探脑，并且将自己的心情融进这些旧宅老院中去，似乎真的很想在这里的某一个老宅院里安定下来。

在这些旧宅老院中，狗安详地趴在树荫下，鸡们安详地找食。岛民们在干活，修补渔网，或者种树，或者修整岛上的小路，他们分明忙碌着，却是一种安详的忙，是宁静中的忙，忙出一种岛外少见的宁静，他们把繁忙和安详写在了一起，写在脸上，写在树上，写在老宅中，写在阳澄湖上。

我忽然想到了，这大概就是阳澄湖的魅力，是我心中最向往的一个去处，这也许就是我愿意在这里寻找一个“家”的原因。

那一天，我们依依不舍地离开了莲花岛，从上岛到离岛，我自始至终没有提及心里的那个念头，没有开口询问，甚至都没有旁敲侧击。后来我又有一些机会靠近阳澄湖，靠近莲花岛，但是我再也没有萌动这个念头。因为我觉得我离阳澄湖已经很近很近，越来越近，我和阳澄湖也已经很熟，越来越熟，到这时候，在阳澄湖、在莲花岛有没有一个老宅院，有没有一个“家”，都已经不重要了，重要的是我的心里已经有了，阳澄湖边，莲花岛上的“家”，已经落户了，已经牢牢地筑在了我的心底深处，它是我们心灵的“家”，是我们精神的存托之处，它会伴随我们一生，永不离弃。

想起多年前一个夏天的傍晚，我们坐上一艘小快艇，在阳澄湖上冲浪，遇到一只小渔船，船上有渔民卖虾，我们停下来买虾，挑大嫌小，称斤称两。那正是夕阳西下时，湖面上波光粼粼湖，一望无际，这一幅既生动又安静的画面，定格在我人生的相册里。

今日相逢

几百年前，阳澄湖边，一个叫宅里的地方，一个小村落，小溪，石桥，三五古树，数间茅屋。那时候沈周已经烧好了泡茶的水，备好了温酒的壶，端正好了纸笔砚墨，站在自家的屋门口，朝门前的小河张望。

河水轻轻流动，他渐渐地听到了橹声。橹声近了，更近了，他的朋友们来了。

是唐伯虎，是文征明，或者他们呼朋唤友一大群人起来了。日复一日，年复一年，隔三岔五，他们就要过来坐坐，好像不过来坐坐，心里就不能踏实，下面的日子就不知道怎么过了。春天，来听雨，秋天，来品蟹，夏天也可以来，冬天也可以来，一年四季，每月每日都有他们的话题，都有他们聚会的由头。

这是古代文人的生活，是他们休闲潇洒的日子，也是他们努力耕作的时间。他们在纸上耕作，在随随意意率率性性的谈吐间就播撒了种子。一幅幅的字画，一篇篇的诗文，就在这个角角落落的小村子里诞生出来了。这时候，沈周知不知道，他们的聚会，他们的文化耕作，将成为航行在未来海洋上的帆船？其实，知道或不知道，都是无所谓的，重要的是，他们创造了，他们写下了历史。

几百年以后的某一天，初春，阳光明媚，微有寒意，在忙碌浮躁的世俗生活中的这一刻，我们忽然间就站到了沈周的墓前，忽然间繁杂的心情就纯净起来，恍惚间就像遇见了沈周。走进了当年在宅里村的聚会，这是一次历史的相逢，是一个意外的惊动。他们的气息，历经数百年风雨的洗刷，仍然感染着我们，仍然振奋了我们。

此时此刻，站在沈周的墓前，我们在心里默默地感谢他，感谢他和他的朋友们，为我们留下了这么多无价之宝，给我们提供了如此丰厚的文化遗产，更是让生活在今天的文人们，不感到寂寞和孤独，在富饶的光怪陆离的物质世界里，不觉得文人生涯的贫穷和单调。这是因为许许多多的沈周们，极大地丰富了我们的精神世界。正如明代吴宽给沈周诗稿写序时说："盖隐者忘情于市朝之上，甘心于山林之下，日以耕钓为生，琴书为乐，陶然以醉，倏然以游不知冠冕为何制，钟鼎为何物，且有浮云富贵之意，又何穷云？"

另一位明代诗人高启诗曰：“东津渡头初月辉，南陵寺里远钟微。主人入夜门未掩，蒲响满塘鸭未归。”沈周和沈周的家乡湘城镇，就这样在诗中在画中流传了下来。

镇子还是从前的模样，以济民塘河为中轴线，河岸两边就展开了湘城镇百姓千百年来的日常生活。和周庄，和同里，和许许多多的江南古镇老街，几乎是一个模子里刻出来的。据说湘城镇的这条老街的模式最早形成于春秋战国是时代，这个说法到底无有考证，我没有去深究，也不想去深究。走在这条老镇的小街上，我第一感觉，它就是尚藏闺中的周庄和同里，它是一块未经开发和调理的处女地。许许多多的古镇老街，它们曾经是那么地相像，河为中心，沿河而筑。但是现在它们渐渐地离得远了，它们不太相象了。湘城镇的老街上有许多错落无致并且老化了的电线，有许多斑驳的老墙和透风漏雨的窗口，比起旅游热线的周庄和同里，湘城镇的这条老街，少了一点规整，少了一些人气，也没有大红灯笼和旅游团队，几乎还完全停留在那个朴素而单调的年代。唯一一幢稍有规模的房子，是建于70年代的一座饭店，也是当地人永远不会忘记的镇上曾经在几十年里唯一拥有的饭店。水泥的墙面，老式的结构，为我们保持了一份朴素的感情，给我们留着一段亲切的记忆。

离得远一点，相差大一点，看起来它似乎没有踩在时代的节奏和步伐上，但却带来了另一种效果，它走着自己的路，它有着自己的节奏。

也许，过不多久，它也会改变，也会有导游挥着小旗，带着远乡的游人来了。我只是希望，能够让他们走一条和周庄和同里不一样的老街。从一样中找出自己的不一样，从相像中发现自己的不相像，保持住自己的东西，保留住应该保留的东西。这样，如果有朝一日，沈周回来了，沈周就不会因为找不到自己的家乡而苦恼，沈周会高兴地说，从前我就是住在这里的呀。

虽然现在宅里村改名为沈周村，虽然现在湘城镇改名为阳澄湖镇，但是一切的变也许都是为了一个不变，这个不变，就是对历史负责，这是一种自信，这是一种以不变应万变的风度。

走出老街，就到了水码头，莲花岛的村主任正在小艇上等着我们，他笑眯眯地跟我说，我知道你写过我们莲花岛，那篇文章叫《擦肩而过莲花岛》。想不到两年前的一篇小文章，他还能记得清楚。莲花岛确实是我向往已久却一直未能去到的地方，无数次想象着，秋风渐起天高气爽的那一天，和三五好友或和远方的客人去阳澄湖上的莲花岛品尝阳澄湖大闸蟹。但是那一年的秋天我还是没有去成莲花岛，也许我与莲花岛的缘分还未到吧。但是我相信我和莲花岛是有缘的，不必费心安排，也不用刻意组织。有缘就一定能够相逢。

果然，相逢的日子就这么不知不觉地来了。

莲花岛比我想象中更繁忙一些。这是一个不繁忙的季节，但家家户户都在做着养蟹养虾的准备工作，蟹笼虾笼铺得满地都是。小艇安静而有序地停泊在河道里。到了金秋蟹肥时，它们就不再安分了，它们腾空飞跃破浪前行，到岸边，把客人接回来，安顿在自己家里，让他们饱尝螃蟹的美味，吃一顿农家餐，来一回农家乐，让他们的心情，让他们的思绪，回一趟童年。沈周写过一首《渔庄村店图》：“渔庄蟹舍一丛丛，湖上成村似画中。互渚断沙桥自贯，轻鸥远水地俱空。船迷杨柳人依绿，灯隔蒹葭火影红。全与我家风致合，草堂亦有此遇翁。”这就是莲花岛的从前和现在，这既是诗与画的莲花岛，又是现实生活的莲花岛。

初春的这一天，我们只在沈周的家乡湘城镇逗留了半天，离开的时候，大家都意犹未尽，这是一个值得来了再来的地方。

我们还会再来的。

永远的故乡

在1970年前后的两三年里，我们一家下放在吴江桃源公社新亭大队。新亭在桃源的最南边，桃源在吴江的最南边，吴江在苏州的最南边，苏州在江苏的最南边。从地图上看，桃源和新亭都陷入在浙江的包围之中，如果觉得这样说比较被动，反过来说也一样，桃源和新亭，是江苏伸入浙江腹地的一个尖尖。我就是在这个尖尖上，渡过了从少年到青年的人生的重要阶段。农闲的时候我们也和农民一样要上街。离我们最近的街，就是桃源公社所在地戴家浜，但因为当时戴家浜的商业不发达，我们就向往了比戴家浜繁华一些而且稍有点名气的铜罗镇了。

那个时候大家并不管它叫铜罗，却是叫作严墓。我们上严墓的街，是摇船去的，去过多少次，不记得了，但第一次却记得很清楚。那时候我们全家刚刚下乡来，新亭三队的农民对我们十分友好，今天你送几个鸡蛋，明天他送几个团子，而且一形成了风气，还互相攀比，弄得我母亲手足无措了，说，这怎么好意思，这怎么好意思。母亲和父亲商量，要上街去买东西还礼，我们就去了严墓，在南货店里买了几十包红枣和柿饼，是用很粗糙的黄纸包的，扎上红绳，放了满满的一大篮子。父母亲还要在严墓办别的事情，就吩咐我蹲在街角上，守住那个大篮子。我老老实实地蹲在那里，过了不多久，有人走过，就朝我看，又有人走过，又朝我看，还朝我的篮子看，再有人走过，看过我和我的篮子后，他终于忍不住了，问我，你是卖什么的？那时候我们才下放不到一个月，我还不会说乡下的话，不敢开口，只是惶惶地摇头。人家也不跟我计较，就走开了。我就那样蹲在严墓的街角上，眼巴巴地朝父母亲消失的方向看着，巴望着父母亲及早过来带我回家。

到了1971年，我去震泽中学读高中，路途颇多周折，要先从桃源新亭大队走到铜罗，再乘船去震泽，于是在那一年多的时间里，便有了无数次的往返，往返于桃源和铜罗之间，一路金黄的油菜花，一路青青的麦苗，一路红色的紫云英，至今都还历历在目。

从桃源到铜罗，途中是不是要经过青云公社，我不太清楚，但是在震泽中学时，我有几个家住青云的同学，他们曾经向我描述他们家乡的种种情形。于是，青云公社也就和戴家浜、和严墓一样，留在我的记忆深处了。

这是近40年前的事情。快40年过去了，有一次我又站在严墓的街上了，我不知道这是人生的偶然还是生活的必然，但事实上我又来了。我朝街头一看，就看到了我自己，一个刚从城里下乡来的小女孩，茫然地蹲在异乡的街角，看守着那一篮红枣和柿饼，我已看不清我穿的是什么衣服，也看不清我梳的什么头，但是我清楚地看见，包红枣的纸，蜡黄蜡黄的。

那一天严墓街上人很少，街是旧的，房屋是旧的，人是安静的，有一些老人坐在街边说话，打牌，看街前小河的流水，他们的本来就很轻微的声音被安静的小街掩盖了，他们和他们所做的事情，对我来说，更像是一幅画。站在这幅画前，我没有多问一句，没有打听严墓有没有喧闹的新区或者发展中的工业园区，也没有打听严墓有多少历史和传说，我只是和严墓的老街一样安静地站在这里。

也许，严墓的名人故居正深深地隐藏着，严墓的历史遗迹正在悄悄地呼吸着，即使我们一时看不见它们，我们也知道，严墓是历史的，是值得我们流连忘返的。我看到的是许多普通的老宅民居，历史的沧桑落在它们的面庞上，时光的印记刻烙在它们的脊梁，我在这里与它们的交流，我觉得更亲近，更自然。走进名人故居，面对名胜古迹，我会升起敬意或小心翼翼，但走在这个普通的旧了的小街上，我收获的是自由和放松，拾起了自己的少年，就像在自己的家，不用肃然起敬，也不要用心听讲解员刨根追底的讲解。

这里没有很多的游人，也没有很多的旅游纪念品，甚至连他们的闻名的黄酒，也藏在深巷小街和村里乡间。但是酒香飘了出来，我们闻到了。从小街乡间飘来的酒香，让我深深到了安详和谐的气味。这种感觉，陪伴着我，温暖着我，一直到前不久，收到了桃源镇给我发来的《吴风越韵溢桃源》这部书稿，在这部丰润厚实的书稿中尽情徜徉，我再一次收获了我的桃源铜罗青云给我的心灵滋补，再一次享受了第二故乡给我的精神抚慰。

许多年以后，我才知道，“桃源”这个充满诗意的名字正是取之于“问津桃花何处去，为有源头活水来”的著名诗句；我又欣喜地了解到，在青云这片土地上，许多古桥保存完好，桥上的对联，比如“北望洞庭，山浓如翠东连笠泽，水到渠成”“冰鉴一奁秋水影；渔歌两岸夕阳村”等，宁静纯洁的品味，让我犹如置身在一个天然的文学氧吧之中；而铜罗和严墓的名称更替，更是别具意思：铜罗曾经是严墓的前称，后来因为发现了西汉严忌的墓，从此铜罗便改称为严墓。1957年严墓区划分为铜罗、青云、桃源三个乡，此时的严墓又成了铜罗镇所在地的地名。现在情况又发生了变化，严墓之称已经真正消失，而铜罗镇也已成为桃源镇铜罗社区。

桃源、铜罗、青云，虽然是三个不同的名字，但它们是相依相存的，它们的气息是相同相通的，它们有着同一样的肥沃滋润的土地，有着同一样的悠久灿烂的历史，有着同一样的丰厚的文化底蕴，它们共同扛负起这个江苏最南端地区的繁荣发展的重任。

历史可以变革，行政区域可以重新划归和变化，但这些都无法改变一个人对故乡的深情。

就说铜罗吧，许多年来，岁月流逝，铜罗消失了，变成了严墓，岁月又流逝，严墓又消失了，变成了铜罗，岁月再流逝，铜罗镇消失了，变成了铜罗社区。但是，我们知道，在这个世界上，凡有消失的，就必定会有不消失的。无论是铜罗也好，严墓也好，是镇也好，区也好，就像改成了桃源镇的戴家浜，就像改成了青云社区的青云公社一样，永远留守在我们的心底深处，家乡安详和谐的美好形象，在我们心里永远不会改变。

千百遍，读你总不厌

一直以来，总以为自己对周庄是很熟的了，熟得就像周庄是自己的家一样。周庄的街桥厅楼，像自家的院子和房间，周庄的阿婆茶万三蹄，就是自家桌上的平常日子。从周庄还深藏闺中无人知的时候，从周庄还犹抱琵琶半遮面的时候，一直到周庄的名字走遍了天下，在历史长河中这些并不算长的年头里，我曾经多次去周庄，陪着远方的朋友，或者并没有什么任务，只是自己忽然想周庄了，就那么简简单单方方便便地迈开了脚步就去了。于有心无意间的这么一来两往，渐渐的，就感觉自己已经很了解周庄，以为闭着眼睛也能走通周庄的角角落落，以为驾轻就熟就能把周庄的点点滴滴渲染得淋漓尽致，对于周庄的亲近，就这样渐渐地在心底深处落了户。这种感觉让我每每觉得，无论我去不去周庄，周庄都在我的心底里，因为周庄离我很近，或者说，是我离周庄很近。这个近，既是地理概念上的近，更是心理距离的近。

这一次参加“我心中的周庄”征文的活动，让我有机会看到了天南海北各地作者他们眼中和他们笔下的周庄，在阅读这些文章的时候，我的心几乎被分成了两半，一半是感动，一半是惭愧。这许许多多的文章，给了我一个全新的周庄，给了我一个我所不甚了解甚至不敢认识的周庄，一个远不是我想走就能走通的周庄。原以为闭上眼睛都能走，现在睁开眼来才明白，周庄还是那个周庄，周庄却又不是那个周庄了。

最让我震惊的那一篇《水墨周庄》，简直就是一幅用汉字织成的《双桥》，特立独行，堪称经典，没有陈词滥调，没有重复了一百遍一千遍的泛滥的感动。呈现在我们面前的，是一个既熟悉又新鲜的周庄。

还有，阳光下的周庄，夜色里的周庄，雨中的周庄，雪中的周庄，梦里的周庄，从前的周庄，船上的周庄，桥下的周庄，茶里的周庄，周庄的人，周庄的物，周庄的一切又一切……多少双眼睛在看周庄，多少颗心在感受周庄，多少情感留在了周庄，他们的真挚打动了我，他们的独特视角启发了我，他们的字里行间，积蓄了太多的对周庄的深深的理解……读着读着，忽然间就有了一种冲动，我要在落雪天、在夜色里，在平常和不平常的日子里再去周庄。

周庄是一本百读不厌百看不完的书，书里的内容常看常新，又给人无限的想象，周庄是一条走不到尽头的小巷，曲径通幽，步步换景，周庄又像丝绸一样柔亮，像双面绣一样精致逼真，像昆曲一样宁静悠远，像江南一样的江南。

我相信，对每一个去过周庄的人来说，周庄从此就是挂在他家墙上的一幅不褪色的画，周庄从此就是留在他心底的一个不解开的结。

就这样，我有了这一个机会，跟着大家重新走周庄，有了全新的感受和认识，这才知道，原来我对周庄的了解，是那么的肤浅，我对周庄的认识，又是那么地单薄，看起来，我还远远没有走够周庄呢，我离周庄还远得很呢。

我整理着那厚厚的一叠作品，心中感叹，那么多人，走过了周庄还想念周庄，离开了周庄还忘不了周庄，他们对周庄的爱跃然纸上，情透纸背，他们从周庄获得的感悟，充实了他们的人生之旅。可见周庄的影响，可见周庄的耐读耐走耐人寻味。我想，这样一次面广量大的征文写作，大概就是一种回报，周庄给了大家心灵和精神的滋养，大家便用手中的笔写出自己的心声，回报周庄。

远山近水皆有情

宋代有一位诗人，王禹称，山东人，在京城工作了几年，后来到苏州来做官了。王禹称虽然出身农家，但毕竟为官多年，少不了到处跑跑，看看，也应该是见多识广，曾经沧海难为水，除却巫山不是云。哪里想到，到了苏州，看了苏州的园林，竟然惊呆了，竟然流连忘返了。他看了虎丘，说，“珍重晋朝吾祖宅，一回来此便忘还。”把虎丘当作自己的家了。他到了南园，转了几圈，不忍离去了。以后于政事之暇，常常邀人来南园喝酒，喝着喝着，终于忍不住想把南园讨来做自己的归宿。他说，“他年我若成功后，乞取南园作醉乡。”王禹称可能对自己的馋恋有点难为情，为了挣回一点面子，他对朋友说，我现在算是知道了，园林是什么？园林就是造出来的山山水水啊。你们这里不像我的老家山清水秀，所以你们喜欢造山造水。苏州朋友听他这样说，就不高兴了，说，王大人你也太不了解苏州了，你是盲人摸象，你是一叶障目，如果没有苏州许许多多清嘉自然的真山真水，苏州人能够造出那些名甲天下的假山假水吗？于是乎，王禹称一边做着乞讨南园的梦，他的小船却已经摇上太湖，畅游三万六千顷，饱看七十二峰青。此是秋天，万顷湖光里，千家桔熟时，美不胜收的太湖景色，玩到天黑也不想回去，“平看月上早，远觉鸟归迟。”王禹称一鼓作气登上太湖东岸第二高峰阳山，他去访问阳山的僧人，感叹多多，“坐禅为政一般心”，告诫自己做官要和和尚一样安宁，不去骚扰人民。这一天，王禹称心情出奇的宁静出奇的好，好像是太湖水洗却了身体的劳顿，好像是阳山松拂拭了心头的尘埃，王禹称甚至十分担心别人不能真正欣赏和领略这平易可爱的自然景象，说：“近古谁真赏，白云应得知。”

王禹称最终也没有能乞得南园作醉乡，但是苏州的远山近水却永远地留在了他的心里。

是谁最早题咏太湖，赞美“湖中有湖，山外有山”的万千气象，如今恐怕已难考证，我们且沿着诗人当年的行迹，行舟向前，到东山，到西山，到杨湾，到明月湾……

洞庭东山是太湖中的一座半岛，是一个以花果丛林和明清古建筑为特色的山水风景名胜区。东山的紫金庵彩塑罗汉，东山的启园，东山的莫厘峰，东山的桔子杨梅碧螺春，真所谓“遥指东山多故旧，遨游或不叹途穷。”面对层出不穷的历史遗迹、如画景色，我们目不暇接，有一点手足无措了，蓦然抬头，发现已经踏在了杨湾的青砖古街。始建于六百多年前的轩辕宫，雄居山垣、面迎太湖，村前港口的演武墩，相传是吴王率兵训练的地方，站在这里怀想当年，真是让人感慨多多。杨湾街上许多古代建筑，在这里穿行，好像就走回古时去了。到小小的茶室里泡一壶茶，那个紫砂的茶壶，算不得上品，却也细腻得很，入味得很，喝着茶，看着老街上偶尔走过的乡人，这是你我心灵的港湾吗？穿过古街出来，又重新面临浩浩太湖，真不知这不息的万顷太湖和平静的小小杨湾是一种反差还是一种和谐。

如果说东山是美丽大方的姐姐，那么与她隔水相峙，遥遥相望的西山，更像是一位深藏闺中的妹妹。石笋如林的林屋洞，“白银盘中一青螺”石公山，明月湾古村，无不隐约在茫茫湖水中。值得一说的是，1994年建成的全国内湖第一长桥太湖大桥，轻轻地撩开了西山掩隐了数千年的神秘的面纱。

太湖是一位胸怀宽广的母亲，七十二峰，是她的孩子，母亲永远拥抱着孩子，养育着他们，滋润着他们。离太湖约二十公里处，常熟城西的虞山和尚湖，更似一对有情人，它们相依相傍，相映生辉。在虞山上俯瞰尚湖，平静如镜；在尚湖眺望虞山，巍峨峻拔。而虞山的风采，更在于它的人文内涵，浓郁的文化品位和浓重的历史足印，充溢山间，仲雍墓和言子墓，读书台和兴福寺，“五六月间无暑气，千百年来有书声。”“解脱开门谁肯入，浮生梦觉自知归。”无不写照出虞山独特的个性。

水乡的水是永恒的主角，苏州的山是水的配角，主角与配角，同声吟唱：明月清风本无价，远山近水皆有情。放眼望去，在青山秀水的不远处，奔腾着的是我们的大运河。点缀苏州大地的山水是一曲淡雅的清唱，拍打苏州命脉的运河则是一首雄浑的交响乐。每天每天，行走在运河上的船只，是交响乐中最生动最富有创造力的音符，凌驾于运河上的古桥，侧立在运河边的古驿站，又是乐曲中不可或缺的装饰。

师俭堂

中央电视台的鉴宝节目，据说收视率蛮高，现在老百姓都爱宝藏宝，掀起了热潮。苏州现在也有免费的鉴宝日，我没有去过现场，又据说每次都是人山人海。大家带来了家里的宝贝，请专家看一看，无论看出来是宝不是宝，是价值连城还是不值几钱，大家都小心翼翼地捧回来，小心地藏好了。就这样也不知是谁发动的，也不知有没有人发动，似乎就有一点全民藏宝的意思了。这真是好事情。以前有个顺口溜，说政府让你养猪，你就种粮，政府让你种粮，你就养猪，准错不了。现在政府也没有发动全民藏宝，全民就自己在那里藏宝了。

这是劫后余生的宝。劫的时候到底劫掉了多少，这是一个不能想的问题，一想心就会颤抖，虽然宝不是我家的，但我心里也一样颤抖，一样地难过。前几天去了震泽师俭堂，在那里看到一些在夹缝里偷生、在劫难中残存的宝。

1972年，我在震泽中学念书，那时候哪里知道有师俭堂，只知道震泽有个塔，到底去没去玩过，已经忘记了。推想起来，在长达一年的时间里，应该是去过的，但当时塔是个什么样子，一点也没有印象。如果试着想象一下，可以想象得出，塔肯定是封闭着的，里面藏满了恐怖和迷信。倒是在后来的文学作品中，我写过这个没有留在我印象中的塔，真是闭门造车，凭空造塔。那时的师俭堂更是被生活的苦涩的海水淹没了，里边住了三十多户人家，多半是日子艰辛，唠唠叨叨，嫌住房太拥挤，嫌房屋太破旧，但就是在这狭小的空间，他们生活着，成长着，努力着，贡献着。这就是人民。

那曾经是一个全民灭宝的时代，但奇怪的是，它也从另一个角度保护了一些东西。我们在师俭堂看到从前主人卧室门外的藏宝密洞，它们的盖板完好无缺，打开来，下面是一块带锁的石门，同样毫发无损。讲解员告诉我们，住在这里的居民，几十年都没有发现这幢大宅里的密室和藏宝洞。其实，那一块活动的地板与周边固定的地板有着相当明显的异样，可为什么住户竟多年不曾发现其中的秘密？没有人能够回答我。我们找不到当年的住户，不知道他们迁出师俭堂后都住到哪里去了。就算知道他们住在哪里，我们也不可能去找到他们问这个问题。于是我后来自己给了自己一个答案：家具将它遮盖了。是不是写小说的人都喜欢自以为是地推一下理？因为我也曾经有过一家五口同居一室的经历，连家里养的两只鸡也住在一起，它们呆在鸡笼子里，鸡笼子就放在我的床前，家里就没有一块能够让我们转个身的空间。好在那时候我们都还小，白天只是在外面野，晚上才知道归家，一回来往床上一滚，一天就过去了。如果有个不喜欢出门的孩子，那他的日子肯定是比较沉闷的。在一间堆满了家具的屋子里，别说一块密洞的盖板，就是遍地密室，恐怕也是发现不了的。

师俭堂的书房里有四块落地板门，一面是漆雕，一面是木刻，漆雕以画作为主，木刻是诗作。是谁在1860年或1870年刻下了这些诗，这还是一个谜，还有待考证。希望他们是一些名人、文人，当然，如果他们只是一些普通的工匠，也一样，因为在我们眼里，他们也一样都是名人文人。所以，我觉得不考证也无所谓。有人说这四块门板的价值抵得上整座师俭堂，不知道有没有什么依据，师俭堂占地2700平方米，有六进几十间屋，四块门板如果真能抵上一宅子，被收藏家见了，眼珠子都会发绿。

让我们再回到当年，一个年轻的女孩和她的家人一起住进了这间书房。当然他们不能称它为书房，那个时代几乎没有谁家家里是有书房的。过去师俭堂主人家的书房，现在就是她全家人的家。女孩看着这四块黑乎乎的漆雕门板，觉得阴森森的，还觉得有些脏兮兮的，女孩爱干净，就用纸将它们糊上了，这样女孩觉得好受些了，房间里洁净多了，也亮堂多了。女孩就在那里渡过了她的青春时代。

许多年过去了，女孩和她的家人以及住在师俭堂的所有人家全部搬出去以后，人们将女孩糊上的纸撕下来，发现了这四块门板，它们被保护得完好无损。

女孩和她的家人邻居，就这样与宝贝擦肩而过，与此同时，他们也踏踏实实地走过了历史，走过了自己的人生的某个阶段。因为他们的不识宝，更因为那个时代教育他们，宝就是罪，所以他们与宝擦肩而过，一无牵挂地走了。

这四块门板没有被人拆下来带走。假如我们设想它们被拆走了，或许哪一天在鉴宝节目中我们能够看到它。可现在它们安守在原来的位置上，时间走过了一百多年，它们没有移动，没有坍塌，没有破损，没有挂到别人家的新房子的墙上去做装饰品。

横扇风华

我在从少年到青年的成长过程中，从城市来到农村。这个农村，就是以后许多年里一直提起的、牢牢地印记在我心底深处的苏州吴江县。我在吴江待了整整十年，曾经到过吴江范围里的很多地方，生活过、长住过的地方就有桃源、震泽、松陵、湖滨等；去过的地方就更多了，同里，黎里，芦墟，梅堰，七都，八都，屯村，盛泽，铜罗等，偏偏就没有去过横扇。

但是我对吴江的每一个寸土地似乎都有着一种天然的亲切的感觉，有一种说不清道不明的喜欢和偏爱，横扇就是其中之一。前十年，没有机会去横扇，后来的三十年，也仍然没有去横扇，也许是机缘未到。我想，有没有去过并不要紧，重要的是我心里有这块地方，知道这是太湖边的一处冲积平原，知道这里水网密布，风物清嘉。在过去的许多年里，尤其是在吴江生活的那些岁月里，我也许曾经想象过这个熟悉而又陌生的横扇，想象着太湖在横扇那里的样子，和它在别的地方所不同的样子，也想象着横扇在太湖边上的样子，和其他紧临太湖的乡镇村寨的不同之处，这种想象，是空想，是虚构，却也让横扇这片我所未曾踏上过的土地，在我心里有了着落之点。

我可以尽情地想象，这里的土地是多么的肥沃和滋润，这里的物产是多么地丰盛和富足，鱼虾肥美，蔬果鲜甜，等等。但是当我前不久看到《横扇风华》的书稿，说实在的，内心是有点意外的，甚至是有点震惊的。事实大大地超越了人的想象，横扇不仅是一块水肥土沃的地方，它竟有着如此悠久的历史，有如此多的值得骄傲、作出贡献的人物，而辉煌的历史和杰出的人们，又给横扇留下了如此有价值有意义的宝贵财富，让后来的一代又一代的横扇人，可以沿着祖先的足迹，汲取取之不尽的源泉，去建设和创造新的横扇。

事实上，后来的一代又一代的横扇人确实没有辜负先人的期望，在这片古吴越战场的遗址上，他们用心尽力地保护着历史的遗迹。“四都村崇吴教寺内的那棵银杏树不仅是横扇年岁最久、生长仍茂的一棵，而且是迄今为止为全市最大的银杏树。该树高达6.10米，树干直径1.84米，圆周5.8米，四五个人伸双臂合抱才能抱尽。树冠依然高大，遮天蔽日，它就像一位永恒的智者，伫立在一片废墟上，默默地述说着久远的故事。”事实正是如此，银杏古树也好，四都古村也好，如今犹存也好，已经毁损也罢，它们都默默地向今人叙说着横扇，叙说着横扇的昨天；而丰盛的特产，白鱼白虾太湖蟹，美丽的风景，太湖水街景观带，又委婉而响亮地吟唱着横扇的今天，召唤天南海北的人们，到横扇来，看一看，走一走。

从民间俚语“沧洲荡畔贯横港，蚂蚁漾边锁扇形”，两句中各取一字，合成的横扇，已经牢牢地刻印在我心里了，而且，它在我心里越来越生动，也越来越牢靠，它不再是单凭想象虚构出来的一个形象，它已经是一个实实在在的有血有肉的横扇镇。

当然，一直到今天，我对横扇的认识，还停留在书本上，也仍然要靠着想象去支持，去完成，于是我想，什么时候，将梦想照进现实，到横扇去走一走，看看自己的想象，到底有多少是与现实吻合的。只是我想。生活的伟大从来都是超越人类想象的，无论我的想象是怎么样地驰骋，是怎么样地展翅飞翔，现实中的真实的横扇，一定会带给我许多意外的惊喜。

七都在哪里

七都在太湖边上。

这是我早就知道的，因为早些年，在我从少年长到青年的一段时间里，我就在吴江生活，前后大约近十年，对吴江的几乎每一个乡镇，都是耳熟能详，都是心向往的，都感觉很亲切的，七都就是其中之一。尤其是吴江人对东太湖这个概念比较重视，于是，沿着太湖东岸伸展的“七都”这两个字，很早以前，就深深地印在我的心里了。同时，伴随着我对太湖的想象，七都就像是湖面的风帆，是那样的恣意纵横，是那样的富有诗意。

当然，这一切，一直是停留在想象中的。

在从前的一些日子和后来的许多年中，我曾经去过吴江的许多乡镇，有的地方是长期居住，有的地方是临时路过，也有的地方是慕名而去，屈指一数，大概不下十几处，和七都，却似乎一直没有缘分。

但是这种缘分其实一直是存在的，只是未到时机，你看，时机一到，缘分就来了。

在夏天到来的时候，天气有点闷热，我们走在七都沿太湖的道路上，这不是新近建成的景观大道，这只是一条许多年留下来的泥泞的小道，歪歪斜斜的，没有任何修饰的，不加任何点缀，让人觉得，也许它从前根本就不是一条道，是因为人们愿意走在太湖边上，愿意一边近距离地看着太湖，一边想着心思，一边聊着话题，或者既不想心思，也不聊天，就这么靠着太湖走着，才渐渐地走出来的一条道。

走在这样的一条小道上，你才知道七都的朴素和远离喧嚣，你才感受到自己的内心和灵魂其实并没有你想象的那么浮躁和那么焦虑，你发现原来在你的心里，始终保留着应该保留的一些东西，尽管它们经历了时代的磨砺，尽管它们饱受了岁月的冲洗，但它们依然如故地默默地守在那里，一旦遇到气味相投的人，或事，或地，它们就鲜活起来，跃跃欲试了。

正是内心的这些无以冠名的“东西”，让我们和七都相遇了，相知了，相融合了。在七都的短短的一两天时间里，我们无数次地重复着“七都”这两个字，我们看到七都的林林总总，了解七都的方方面面，我们得益匪浅，但是却没有杂乱或繁复的感觉，我们接收到的信息是丰富的，同时又是简单的，我们得到的收获让我们感动，同时又让我们倍感平静。

这一个早晨，我们平静地走进了七都木偶昆曲的一个表演场所，这里没有华丽的舞台，没有炫目的灯光，也没有大腕名角，几个年轻人，刚才还在给来客做导游、做讲解，这会儿他们已经在准备演出了，尤其是几个女孩，换上了戏服，却没有化妆，朴素又简单。这情形忽然让我有些担心，通常我们知道，有许多演员在台上时你看他们光鲜亮丽，光彩照人，但是下了舞台，卸了状，就是一个再不普通不过的平常人，无论容貌和气质，可能都不及你的邻家小妹大姐，如果他们下了舞台，卸了装，却又穿着华美夸张的戏服，那恐怕更是撑不了场面了。眼前这小小的简陋的舞台上的女孩，她们的朴素和简单，她们的自然随性，又会有什么样的效果呢。

效果就这么出来了，她们平平淡淡地镇住了观众，她们轻而易举地压住了舞台，她们的朴素是那么地大气，她们的简单让她们散发出一种出奇的安静。她们的容貌算不上特别漂亮，却是那么的耐看；她们的眼神，远不如专业演员那么灵活，却透出一种动人的恬淡；她们手提十多根线，操纵着木偶的一招一式，却纹丝不乱；她们的昆曲配唱，更是缠绵婉转、清丽悠长。应该说，这场木偶昆曲的演出是安静的，但是当我们离开那里的时候，内心又是不平静的，我们被打动了，简单朴素的木偶昆曲让我们感动，让我们有所思，有所想，有所悟，有所获。

于是，我们知道了，七都在哪里，七都就在木偶昆曲的表演中，那是独一无二的一个祖传戏种；七都就在太湖边的那条小道上，那是独一无二的一条无人打扰的小道，七都就在我们每一个人心里最独特的地方，那是最敏感最柔软也是最能守得住的地方。

其实，我们每一个人，每一个地方，原本都应该是独一无二的，但这是一个复制和克隆的时代，独一无二变得那么的珍贵和稀缺，幸运的是，我们结识了一个真正的独一无二的七都。

文章至此，我随手把桌上的一本七都湖风文学社的刊物《湖风》拿过来翻看，奇怪的事情发生了，第一翻，我就翻到了一篇文章，文章提到了我，说我在新千年初，来七都参加过一个会议，苏州市青年作家创作会议。

呵呵，原来，我和七都却是早有交往的，只是从前的那一次，我们走进一个别墅群中的一座房子，坐在一个会议室里，开一个文学的会议，然后就匆匆离开了，没有能够真正地走进七都，连七都依靠着的东太湖也没有看到，于是，挑剔而苛刻的记忆功能，就毫不留情地将那一次的相遇废弃了。

我有些惭愧，又有点自信。从上一次到这一次，时间过去了十多年，人又老去了十多岁，记性也大不如前，但是我还是相信，这一次的七都之行，我不再会忘记。人生总是这样的，让你忘记一些事情，又让你永远地记住一些事情。

退思补过

被称为江南水乡明珠的水乡小镇同里，到底是怎么个明珠，我也是到后来才明白的。早几年我插队在离同里不远的地方，常常到同里镇“上街”，我们江南乡下说的“上街”，大概就和北方的赶集什么差不多罢，也就是说在农忙过后，会放一两天假，让大家上街看看热闹，买些生活用品。碰到这样的日子，一般都是很开心的，只可惜那时候谁的身边也不会有很多的钱，上街去当然是看得多，买得少，也不失为一种乐趣。在“上街”那一天，我和乡下的姑娘们穿上自己最好的衣服，当然那时候最好也不过就是的确良，我们穿着的确良，打着洋伞，沿着大运河，快快活活地向同里去。一路上我们可以饱览水乡风光，满眼可见碧绿生青的秧苗，也可见打谷场上堆着金黄的稻谷，有一群小鸡在觅食，一只小狗在树荫下打盹，真是一派田园风味。只是在我们眼里这风味什么也不是，因为这些绿色金黄色，都是经过我们自己的手创造出来的，也就没什么味道了。我们倒是对小镇上的东西感兴趣，小镇上有商店，商店里琳琅满目，让我们一个个看花眼，恨不得什么都要买上一点，只是钱不够。小镇上有照相馆，我们曾经一起去照过合影，几个乡下姑娘咧着嘴对着镜头傻笑，其中有我一个，这照片永远地留在我的相册也留在我的记忆中。我们在小镇上当街的小吃摊上每人要一碗豆腐花，鲜得咂嘴，很想再来一碗鲜肉小馄饨，但是考虑半天终于没有舍得。我们在小镇上走累了就很随便地在一座桥的石阶上坐下歇歇，也不知道这桥有些什么来历，是哪个朝代建造，哪一位大诗人是不是为它写过千古绝唱。我们走在小镇的小街上，看到那些深宅大院，也没有任何感觉，对一些精雕细刻的门楼花窗什么更是熟视无睹，我们真的很轻松很愉快，我们是一群浑然无知的乡下姑娘。当我们开始往回走的时候，心里还惦记着哪一家店里有一件自己心爱的商品，不知道下一次再来那东西还在不在，若是还有得卖，一定要买下来。于是我们慢慢地走出小镇，踏上归程，我们再一次地回头看看，这就是同里。

过了好多年以后，我又到了同里，我觉得自己已经不再认识同里，我再找当年的那种感觉，却是荡然无存。这时的同里已经不是那时的同里，那里的同里，只是我们乡下姑娘赶街的一个小镇罢，现在我再到同里，同里已经是江南水乡的明珠。其实同里始终是江南水乡的明珠，只是我自己从前不能明白。我再过同里的桥，就会有人介绍，这是一座宋桥，始建于某某，重建于某某，修复于某某，你看这桥的桥栏，石刻多么传神精致，出之名匠之手，你看这桥的桥对，句式多么严格工整，出之大家之笔，你再看这桥的气势，多么的古朴逸秀。我再走同里的小街，大家就说，这一宅是谁谁谁的家宅，那一幢是谁谁谁的财产，这一宅又是典型的什么什么风格，那一幢又是杰出的什么什么遗产，在同里镇上我看到庄重古朴的深宅大院，也看到精雕细作的华丽宅第，更有小巧玲珑的园林小筑。还有一些与名人故居有关的住宅。至于这小小的同里镇，不显山不露水的，怎么会汇聚了这许多出色的古代建筑呢？这和同里的地理环境有着密切的关系，同里地处水乡泽国之中，以往交通闭塞，历史上很少兵燹之灾，从前一些有钱的人，都愿意把家宅建到这里来，而且许多年下来，既保持着明丽古朴的水乡风貌，又保存了一大批文物古迹，这也是今天的同里吸引外人的一个重要原因吧。再游同里，真使我大开了眼界，增长了知识，想想从前的孤陋寡闻，想想从前身在宝中不识宝，真是惭愧。

在同里镇上最有名的当然要算退思园，《左传·鲁宣公十二年》中有“林父之事君也，进思尽忠，退思补过”。取退思为园名，意思也全在里面了。

围于黑漆高墙中的退思园，也和许多江南园林一样，通过理水、叠山、绿化、建筑、陈设、装饰等形成以建筑为中心的综合艺术，创造出诗情画意的城市山林之意境，可以说凡是典型的江南园林所具有的特色，在退思园一般都能看到。比如主要建筑傍水临池，倒映生辉；比如利用山木屏障，给人层出不穷之感觉；比如以漏窗借景，耐人寻味，这些特色，在退思园自是比比皆是。此外退思园也有自己的独到之处，比如它的布局的横向而非常见的纵向，比如它的与众不同的走马楼，雨可不走水路，晴又可遮阴避阳，等等，这些都是很有价值的。

其实我对于退思园的感觉也和对苏州别的许多园林的感觉差不多少，我当然佩服这些园林的造园艺术的登峰造极，萝卜青菜各人所爱。佩服不等于喜爱，我感兴趣的倒是它的园名，退思，就像我对苏州的拙政园、半园等园名也有一些兴趣。退思园，原本是要退思补过的，却要在坐春望月楼看满眼间又是花木如盖，玉兰飘香，又是池荷莲花，鸳鸯戏水；或是明月之夜，独步楼前，踏月吟咏，陶醉然然；或是于初春细雨之中，看一叶芦苇，几枝菰草，燕雀穿梭其间，顿觉野趣横生，真所谓“凉风生菰叶，细雨落平波”。若在盛夏酷暑，于此间剖瓜尝荷，真是心静自然凉，烦渴尽消，若秋雨突至，雨打芭蕉，声如玉珠弹跳，坐于桂花厅中，秋景如画，到了冬天自然又有冬天的趣味，总之一年四季，都是别有意趣的。于这样的环境之间，退思补过呢，还是坐享其福呢，我却不能知道。我们现代的人，恐怕多半是不能了解过去的事情了。

其实以我的想法，退思补过，并不一定是要在落职归故或者是落魄戴罪以后，即使是在当朝任上，即使是在进取上升时期也是时时可以退思补过的，这是一；第二，也并不一定非要雨打芭蕉，风鞭芦叶，才能静静地闭门思过，于烦躁的尘世间也是一样能够退思补过的呀，真正需要静下来的不是环境，而是人心，这大家都知道。

我曾经在一篇写自己的文章中写道：现在在我的内心，有一种畏惧，是对人生，对命运，对社会，还是对他人，我说不清楚，我感觉到这是一种宁静平和的畏惧，我想这种畏惧是文学给我带来的。

有了这一种畏惧，我常常需要退思补过，我不到乡间小镇上找一僻静处，我也不到乡下农舍去寻求安静，我就在我自己的家里，在我的工作岗位写字台前，在我孩子的吵闹声中，在邻居家的卡拉OK声中，我退思补过。

我绝没有觉得退思园本不该造这样的意思，真是一点也没有，退思园它在造园艺术以及其他许多方面的价值和意义，都不是我这样的外行浅薄之人可以说得好的，对于历史留给我们的许多东西都是这样，历史早已经作出了公正的评价。

同里，江南水乡的明珠，这同样也是历史对这一座小镇作出的最好的评价。

看得见屋顶的房子

在从前的相当长的一些日子里，我们晚上躺在床上，就看见了自家的屋顶，当然这不是屋子外面朝天面的一块。这块地方，有房梁，有椽子，有满砖，是立体的。它不是天花板，天花板总是雪白雪白，平面的，很单一。天花板是晚上都在看着的同一样东西。但是从前的屋顶却是不一样的，它比较丰富多彩，由各种各样不同的木料筑成，油漆的色彩也不一样的，满砖亦不尽相同，就这样我们在每一块屋顶下面做出来的梦也是大不一样的。虽然看得见屋顶的房子多半简陋，一层的平房，很旧了的，摇摇欲坠，但是我们曾经在那里边幻想过许许多多美好的事物，比如我们幻想住楼房，住看不见屋顶的新房子。随着日子的流逝，这些幻想真的成了现实，我们搬进了新区，住进了公寓房，甚至买了别墅，我们离看得见屋顶的房子越来越远了，然后呢，然后这些越来越远的东西又重新成为我们向往的东西，重新来到了我们的梦中。

我们十分的怀旧，怀念看得见屋顶的房子，但是我们到哪里去住看得见屋顶的房子呢，看得见屋顶的房子在哪里呢？其实不用着急的，说不定哪一天你就真的又住上了。比如有一天我们来到同里，同里就有许多这样的房子，民居客栈，我们可能是很随意地走进了其中的一家，这一家叫敬仪堂。听敬仪堂这样一个名字就能想到很悠久的历史和很丰厚的文化，但我们不一定是来体会历史和文化的，我们只是来住一住看得见屋顶的房子羞同里有这样的房子，我们有这样的愿望，于是就有了缘分。

敬仪堂就是我们从前曾经住过的那种大院，在城市，在乡村，我们都住过那样的地方，从大门往里走，会有好几进的房子，前一进房子与后一进房子之间隔着的是天井，天井里有树和盆景，也会有些家禽或者别的小动物，房东的孩子好像有七八岁，从前我们也差不多有这般大小，现在我们又回来，在房东孩子的身上，我们会看到自己童年时的身影吗？

那一天我住的是西厢房，西厢房出乎意料的大，是个套间，外面有沙发可以会客，里边是两张床，像宾馆的标准房，还有配套的卫生间，因为装了热水器，天天可以洗澡的，外间和里间的门边，竖着一根红漆的木门栓，晚上我用木门栓栓门的时候，心里有一点轻微的涟漪，接着我就躺下了，看见了想念的屋顶，看见了很久很久没有看见的房梁、椽子和满砖，是又熟悉又陌生的，是又亲切又有些距离的。

我们在敬仪堂的客厅里吃乡村风味的饭。踩着古老的青砖，王鹏还将我们带到后院，他准备在后院种葡萄，到时候你们再来，王鹏说，就可以在葡萄架下喝茶说话，王鹏的曾祖父是一位负责太湖水利的官员，敬仪堂好像就是他上班的地方。一百多年后，我们来到这里住了一个晚上，生活真是无状，王鹏给了我一张名片，名片的背后写着：身处明清院宅，体验古镇幽静，亲临民居生活，等等，但是在我的思想里，我们就是来住一住从前住过的看得见屋顶的房子，谢谢王鹏给了我们这样的一个机会。

我们到李市干什么

李市，隶属于常熟古里镇的一个小村落，既普通到不能再普通，又典型到不能再典型，小桥流水人家，老街旧檐古墙，年轻人外出了，留下少许不愿离开的老人在村子里继续着他们平静而漫长的生活。

有一天，我们一群人，忽然来到了这个小村子，但是并没有打乱这个安静的世界。这个世界有它自己的气场，这个气场，我们打不乱它的。

有零星的鸡叫狗吠迎接我们，“蝉噪林愈静，鸟鸣山更幽”。我们走在李市的老街上，我们走进李市的一些旧宅老屋，说话声音都放低了，连脚步都是悄悄的。我们交头接耳，窃窃私语，生怕惊动了什么。

那是什么呢？

那是用“真实”沉淀下来的生活，那是用“朴素”积累起来的氛围，那是经过时间过滤、经过历史洗礼的一幅长轴画卷。

现代社会的快节奏，使得我们的心，也悬浮了起来，对生活对人生对世态，常有一种不真实感，不确定感，于是，我们来到了李市。

进入这幅长卷，我们的心，闲定下来了，我们的情绪，安稳起来了，这里的一切，都是那么地踏实，那么地确定，游离我们而去的真实感，一下子回来了。

细细长长的老街上，很长时间，一个行人都没有，一眼望过去，这里像一座被废弃了的村庄，又像一处森严壁垒的临战的阵地，有些空旷，又有些阴郁，有些神秘，似乎隐藏着许多奇特的故事。

既然街上没有人，将注意力转移到沿着街巷的一扇又一扇的窗和门。这一扇扇的门，没有一扇紧闭上锁的，大都半开半掩，于是，我们轻轻地推一下，“吱呀”的声音起来了，这美妙的声音，抚摸着我们的精神和灵魂，召唤着我们去寻找些什么。

才知道并不神秘，也没有奇特的故事，我们推开的是一段平常的日子，推开的是一个正常的生态，有年老的妇女正在灶间烧煮，有老先生坐在院子里看天，他们家的墙壁倒是有点特别，有些零碎而仍然精致的砖雕嵌在中间，这是劫后剩余的历史，村民舍不得废弃，拣起来，在砌墙的时候将它们砌了进去，打造出一道特殊的风景。

一位老太太站在家门口朝我们微笑，她已经八十六岁，清爽干净，说话也很清晰，她的孙子在镇上当干部，其他的小辈也都住到外面了，只有老太太自己愿意继续留在李市，这是她生活了大半个世纪的地方，她的根，早已经深深地植入李市的泥土中了，她不能把自己的根拔起来重新栽种，哪怕栽种到一个美丽的大花园里去。对她来说，李市就是她一辈子。

一位年逾70的老先生，在自己的小铁铺里打铁，打造一些简单的农具和生活需要的小铁具，打一件铁器可以有二十元左右的收入，但他不是为了这二十元才打铁，他打铁只因为他从前就是个铁匠，现在仍然是铁匠，好在还有许多和他一样上了年纪的村民需要他的工作，老铁匠的心愿是收一个徒弟，但是他不可能实现这个心愿，没有人会来李市做一个小铁匠，于是，打铁的老人，就成了最后的一道风景线，

我们继续往前走，一直走到了村的尽头。人，仍然很少，村，仍然寂静。虽然人少，虽然寂静，生活的烟火始终在这里弥漫，历史的回光依然在这里升腾，这是我们儿时的生活场景，这是中国社会曾经的写照，我们来到李市，重温了许许多多的东西，足够我们在今后的漫长路途中慢慢回忆，久久

品味，

就这么一路走着，走在一个旧了的村落，我们忽然就使出了乡音，忽然就降低了智商，忽然觉得，一个粗糙的淘米箩，一个开裂的小板凳，都能够激荡起内心的细微的情感，是不是因为，这些年来，我们将这些普通而又朴素的情感丢失了，遗忘了。

那一天，那一个下午，我们在李市流连忘返，我们在这里找人说话，我们在这里拍照留念，其实，那是我们自己在和自己的童年说话，那是我们自己留给自己的自我抚慰。

天色有些阴沉，飘过几滴小雨，愈发的使李市散发出李市应有的气味，就使劲地闻着这熟悉而又亲切的气味，忽然想：

古里从前叫作菰里。

李市明天还叫李市。

苏州茶馆里的苏州评弹

这个茶馆是一个可以唱戏的地方，有一个舞台，虽然不大，却是一个像模像样的舞台。台前边的挂帘上写着四个字：歌舞升平。后面的帘上也有四个字：普天同庆。用紫红的绒布做的幕布，幕布已经是旧的了，但是仍然有一点喜气洋洋的。台面是木板的，漆成紫红色，已经很淡了，中间的地方铺成一块地毯，让唱戏的人站在那里，如果是唱评弹，就坐在那里。茶馆里有几十张桌子，是那种方的不大的桌子，凳子有靠背，都是木头的，叫硬靠背，不是那种软的折叠椅，桌子和凳子排得比较密，这样可以多做一些人。茶馆里有点拥挤，喝茶的人一边喝茶一边看戏，他们小声地稍微说几句话，不会影响到唱戏的人，也有一些人吃点瓜子，但吃瓜子的人不多。茶的热气在茶馆里散发开来，没有人穿梭在里边专门为他们添加茶水，都是他们自己服务的，这样茶馆里显得有些乱，七手八脚的样子，但是唱戏的人照样唱着戏，这是一种比较老的生活的样子，也有人站在茶馆的外边看看，他们是经过这里的，或者是附近的人，他们看了一会儿就会走开；也有的人一直看下去，但是这样的人比较少，有一个外地来的民工和一个瘦瘦的老人。

茶馆是一座老房子，它有自己的名字，叫知音轩。这个名字在匾上写着，不过一般的人不会注意，他们的注意力会被唱戏的声音吸引过去。茶馆的外面有比较宽敞的走道和台阶，有一些人集中在台阶那儿，他们说着一些日常的话，他们是一些老人，也会拿出一副扑克牌来打一打。

一个妇女走过这里，又唱戏了，她说。

每天都唱的，坐在台阶上的老人说。

日子真好过，妇女说，吃吃茶，听听戏。她走过去了，唱戏的声音从后面追着她。

茶馆的前前后后有一些古老的大树，大树上有些鸟在叫。因为有大树，茶馆这里的空气比较好的，大家都到这里来坐坐，在唱戏的声音中他们说说话。有一个外地人停下来看看，唱戏，他说，这里在唱戏。

这里看戏不用买戏票的，一个老人说。

只要坐下去泡一杯茶，另一个老人说。

这里边有的人不一定是演员，一个老人说。

谁都可以上去唱戏的，另一个老人说。

有一个外地人经过这里，他是个年轻的小伙子，长得瘦瘦小小的，他和一些老乡一起到苏州来打工，住在前边的工棚里。

茶馆门前的牌子写着：到季小玉处报名。季小玉是这里的负责人，她是街道里的一个干部，是一位阿姨。

也有专业演员的，一个老人说。

今天说书的就是大名鼎鼎的评弹演员，另一个老人说。

知音轩的门上贴着唱戏的规矩，星期二、星期五是专业演员专场演出，其他的日子都是老百姓自己唱唱。

徐凤良说书的声音正从舞台上传过来。

这王禹偁平常日脚喜欢写写弄弄，吟几句诗词出来，他本来不是我伲苏州人，那么到底是何方人氏呢？巨野。巨野？各位听众觉得蛮陌生，听没听说过，这也不奇怪，不是各位孤陋寡闻，连我说书先生也要重新啃一啃老脚本……

《夺园》，一个老人说，今朝徐先生说《夺园》，拿手戏。

嘿嘿，外地人说，嘿嘿。

有很多人来评弹，一个老人说，外国人也来的。

外国人听得懂吗？外地人说。

听得懂，老人说，他们笑的。

说到东也肚里痛，说到西也肚里痛，上南落北肚里痛，周围四转肚里痛，男男女女肚里痛，老老少少肚里痛。惟有坐下来听书才勿痛，听白书耳朵才要痛。

这是《义妖传》第14回《散瘟》，说白娘娘帮许仙开药店，为了生意兴隆，散布瘟病，叫大家肚里痛，而说书先生说到这里，放个噱头，说那些立在那里听白书的要肚里痛。

不过像知音轩这样的书场，既然落地长窗全部打开的，有人立在走廊听听白书也无所谓的，反倒显示人气旺的样子。

这个巨野呢，原来就是山东呀，闲话说回来，山东也好，巨野也好，反正不是我伲苏州人。话说山东人士王禹偁用功读书，考了进士，做了翰林学士，又做了一个“知制诰”。这“知制诰”，念起来蛮拗口，区里弯绕的，算是做什么的呢？原来是一个帮皇帝草拟诏令的官。这个山东人王禹偁王先生，做官做得蛮卖力，过了一段辰光，又升了一级，又做了一个“拾遗”，右边的，叫右拾遗。这右拾遗呢，就是专门对皇帝进行规谏的，叫做谏官。不晓得是不是因为山东人的缘故，脾气蛮耿，性子蛮直，在朝廷里也敢大胆说话。王先生心想，既然叫我作谏官，我当然要是要尽心尽责地谏，有什么就说什么，王先生就批评皇帝了。王先生说，皇帝啊，你虽然是皇帝，但不过你也有做错事体的地方，你也有做坏事体的时候。比方说，你什么什么是不对的，你哪桩哪桩是有问题的，满朝文武百官都吓煞了，哪里晓得皇帝他老人家今朝偏生蛮开心，蛮听得进，龙颜开了，笑眯眯，表扬王先生……

季小玉坐在后台的化妆室，准备上台唱戏的人都在这里等待。她们在自己嘴上涂一点口红，在脸上扑一点胭脂，不然在灯光下脸会显得特别黄，很难看的。也有是男的，他们什么也不涂，就这么走到舞台上去唱戏的。在这里唱戏是没有报酬的，戏装也要自己带来，他们一般都没有戏装，所以唱戏的时候就是便装，也有很少数的人去借了剧团的戏装来唱戏。

每天演出的时候季小玉很忙的，她要帮唱戏的人泡好茶，嗓子不好的人，她要给他们吃一点胖大海，有的人心里紧张，季小玉就说，不要紧张的，头一次总有点紧张的，唱几次就会放松了。

这一天是专业演员演出的日子，季小玉就比较空闲了。她听徐先生的书已经听了好多年，但是仍然听不够，所以季小玉搬了一张凳子到前边来，她坐在走廊上，透过打开的长窗能够看到徐先生在台上说书，也能够照顾到外面的一些事情。

季小玉从前也是唱评弹的，她后来倒了嗓子，到街道上做了干部。季小玉仍然喜欢评弹的，到底是从小学起的，季小玉说，丢不掉的，几十年以前背的词，到今朝仍记得的。

虽则联姻无聘礼，
未定花烛有批评。
此际果然遵父命，
大家羞涩不堪云，
面面相觑待怎生？
问不出隐情开不出口，
彼此相逢无一声，
岂非白白到园林？

这是长篇弹词《珍珠塔》，丫头采萍说服小姐下楼去看方卿，她父亲也要小姐下楼去问问方卿是否得中功名，小姐下扶梯，怕越礼，怕难为情，欲进又退，进退维谷。采萍又教小姐见了面如何说话，于是小姐就这样唱了。

季小玉的家，在苏州乡下的一个小镇上，那个镇叫黎里，是一个水乡小镇，“境内河道纵横，湖泊星罗棋布”，连它的名字也是水淋淋的。

季小玉小的时候，出行还不十分方便，多是以船代步的。在她七岁的那一年，有一只船开来了，这只船本来只是经过黎里，但是遇到大风，船停靠在黎里等了三天。后来季小玉说，这也是命中注定的，如果没有这只船，如果没有这场风，季小玉以后也不晓得自己会是什么样子。

因为船不能开，船上的人上了岸，他们在镇上的书场住下来，书上立即挂出了牌子：笑王说《三笑》。

小镇上的人轰动起来，他们才晓得原来船上来的是大名鼎鼎的评弹演员徐云尚和徐云珍。季小玉说，我后来才晓得他们在当时是那么的有名气，是苏州最响的响档，在上海滩也是很有名气的。

从前乾隆皇帝下江南，来到苏州，听过苏州的王周士说书，一听就迷上了，喜欢得不得了了，回北京索性就把王先生带回去了，叫他“御前供奉”。

因为徐云尚和徐云珍的到来，小镇上的人都蜂拥到桂馨书场去了。桂馨书场一直被人家称作“五台山”。五台山，就是五张台子，三个听客，门庭冷落，门可罗雀，有人走过探头看看，就听见叫“倒面汤水”，嫌说书说得不精彩，听课就在下面大叫“倒面汤水”。但是今天竟然有徐云尚和徐云珍寻上门来，桂馨书场真是一跤跌进青云里了。

徐云尚和徐云珍本来是到上海去演出的，但是既然老天要他们在小镇上停歇几天，既来之则安之吧，他们也想得开的。徐云尚对徐云珍说，师妹呀，想想我们从前，也都是小镇上出生、后来走出去的人，如今事体做大了专门跑大码头乡下小镇难得再去，我不晓得你思乡不思乡的。徐云珍说，师兄呀，我怎么不思乡呢？我连做梦都看见老屋里的。徐云尚说，是呀，平常也没有机会到乡下走一走，现今机会来了，就不要放弃了。徐云珍表示赞同，她说，再说，风大不能开船，坐等着也是白等，不如摆开唱几场再说。两个人想法一致，说做就做，一边差人到上海去报消息，推迟日期，这边呢，就在小镇上挂出牌子开演了。

徐云尚被称道“笑王”，最拿手的就是《三笑》。他们起先只打算在小镇上说几天《三笑》，说到哪天天气好了，就要开船的，哪里想到小镇上难得有这样的响档来说书，大家轰动起来了，书场每天总是里三层外三层，挤得满满当当。听客追着徐云尚和徐云珍，总是徐先生徐先生，叫得十分尊敬，不像大码头的那些资格老的听客，听书大腿跷到二腿，书是要听的，艺术享受也是要享受的，但是骨子里却是看不起艺人，艺人在他们面前，内心里总是有一种低三下四的心态，拿眼光看他们，也是一种巴结的意思。现在到这边小镇上，得到大家如此的敬重，心里很舒畅的。等到风停了，船家过来告诉，可以开船了，书场老板和听客都说，徐先生，我们难得听到你的书，我们难得的，徐云尚心里感动，答应说完全本《三笑》再走。

季小玉听书，是跟着母亲开始的。

这已经是几十年前的事情了。

知音轩的舞台上，徐先生的《夺园》说得很热闹：

皇帝不表扬，日脚倒也蛮太平；皇帝一表扬，王先生就有点拎不清了，自我感觉好得不得了。以为天生本来就是可以大胆说话的，一说就不好收场了。你哪里晓得呀，这是朝廷哪是你茶馆店呀，你批评皇帝一趟两趟，碰着皇帝情绪好，让你侥幸蒙过关了，若是你老是要批评皇帝，可就对你不起了。于是这个王禹偁王先生，日脚就不太平了，多次受到贬谪，后来索性对他说，罗里吧嗦，不许再在京城里做官，放到外头去做个什么吧。

王先生就跑到苏州来做官了。王先生虽然出身于农家，但是做了多年的官，大概也免不了到处跑跑，看看，京城里也呆过，也应该是见多识广，哪里想到，他到了苏州，看到了苏州的园林和风景，竟然惊呆了，竟然流连忘返了。他看了虎丘，说，“珍重晋朝吾祖宅，一回来此便忘还”，把虎丘当作了自己的家了。他又去了太湖洞庭山，是秋天辰光，万顷湖光里，千家橘熟时，美不胜收的太湖景色，白相到天黑也不想回去，“平看月上早，远觉鸟归迟”。他又爬阳山访僧，和和尚谈谈说说，感叹蛮多，说“坐禅为政一般心”。意思是说自己做官要和做和尚一样安宁，不去骚扰人民。最后呢，王先生走到南园来了，王先生在南园转了转圈子，就不想走了，叫几个人到南园来喝酒，喝着喝着，终于忍不住把南园讨来做自己的归宿了，吟出诗来说：“他年我若成功后，乞取南园作醉乡。”

王先生酒后吐真言。王先生不过到人家南园走走，看看风景，就想拿南园讨过去了。但不过这个南园是万万讨不到的，南园是有人家的。你王先生不要说是一个被贬过的小官，就算是了不起的大人物，也不可以拿了租田当自产呀。

听众笑了，笑声传到外面，经过这里的人都要回头看看的知音轩。

知音轩是个大屋，从前隔成了三块，住三户人家，他们挤挤轧轧，经常要吵吵闹闹的。那一天季小玉远远地看到知音轩的飞檐翘角，她忽然想起自己头一回上台时的情形，她觉得那个书场就是知音轩。那一年她九岁，师傅走在前面，她走在后面，走着走着忽然她就看见了前面一座大屋的飞檐翘角，她蹲下去，怎么也不肯走了。师傅骂她，她就哭起来，路上的人看着她，有的人在笑，师傅是有点生气的，师傅生气的时候脸也是很好看的，后来的事情她不记得了。但是这个飞檐翘角的大屋，这个大屋所特有的气息深深地印在她的心里，甚至弥漫了她的全身，以至一直到许多年以后，她一眼看到了知音轩的屋顶，她记忆中的气息又回来了。

师傅已经不在了，季小玉也无法证实知音轩就是她当年死活不肯去的那个舞台。其实在苏州古城区里，像知音轩这样的大房子，从前开作书场的，是很多的。

怡宛书场

桂芳阁书场

彩云楼书场

仝羽春书场

德仙楼书场

…………

后来知音轩里的住户搬走了，知音轩恢复了本来的面目，就由季小玉来管理了。季小玉把知音轩开了一个茶馆，兼作演出场所，过来听戏的群众都晓得这是季小玉奔波辛苦得来的，他们说，季阿姨，幸亏得你呀，季小玉说，这样的房子本来就应该是唱戏用的。

许多人都晓得季小玉的身世的。季阿姨，他们说，听说你从前也是唱评弹的。

是的，季小玉说，后来我倒嗓子了。

经过这里的人他们和季小玉打招呼，季阿姨，说书呀。

说书，季小玉说。

今朝说什么？

今朝说《夺园》，季小玉说。

噢，他们说了说话就走开了，听书的人仍然在里边听着，秋风轻轻地吹过了。

徐先生中气很足的，他的声音可以传得很远很远，加上惊堂木一拍，很吊人心境的：

那么王先生看中的这个南园，到底是啥人造起来的呢？这个人也姓王，同王禹偁是五百年前一家门。这个南园王先生，倒是正宗苏州人，明朝辰光，也是做了官的，做御史。御史这个官有多大……

茶馆外面的外地人，站得腿脚有点累了，他说，夺园，就是夺的南园吗？

你听下去，季小玉说，听下去你就晓得了。

我要走了，外地人说，到后边的大殿去看看。

外地人去转了很长时间，又回过来了，他立在窗口又听了听，脸上笑了一笑，说，啰嗦的，讲到现在，园子还没有造起来。

说书就是这样的，一个老人说。

说书就是野野豁豁的，另一个老人说。

豁出去云里雾里十万八千里。

到时候再收回来。

不是讲夺园么？外地人说，园子不造起来，怎么夺法？

早呢，一个老人说。

嘿嘿。

在听众的笑声中，徐先生敲一记惊堂木，今日到此，明日请早，徐先生说。

大家就笑眯眯地慢慢地散开了。季小玉走过来，她把台子凳子摆好，扫扫地，有人帮她一起弄一弄，季小玉说，谢谢你们。

不碍事的，他们说，回去也是烧夜饭。

美食苏州

苏州，堪称美食之城。

苏州人讲究吃，这是不容置疑的。

即使自家烧菜自家吃，也是马虎不得的。红烧的，一定要浓油赤酱；生炒的，要碧绿生青；清蒸的，要用文火；一只普通的咸泡饭，也一定要用骨头汤煮，要加入鲜虾仁，鲜贝，咸肉，大青菜，最后还要加一点胡椒粉，还要趁热吃。

若要上个馆子，更是不会随意，不中意的地方，是决不会将就着去的。

为了吃一碗可口的面，苏州人可没少浪费时间和汽油，远的地方开车去吃碗面的也大有人在，凡苏州做面稍有点名气的饭店，朱鸿兴，同德兴，陆长兴，陆振兴，绿扬，胥城大厦，苏州人都是如数家珍的。

红汤面，白汤面，宽面，细面，硬面，烂面，夏天吃拌面，冬天羊汤面，许多老苏州，早晨的一碗面，比早晨的懒觉要紧得多。

至于专程远道去木渎石家饭店吃饭，到藏书喝羊汤，到昆山吃燠灶面，对别人来说，不甚麻烦，对苏州人来说，那都是家常便饭，跑一点路算什么，吃得称心才是最重要的。

现在的人都讲究养生，保身，很少吃猪油了，但是苏州有好多人依然热爱猪油，用他们的话说，香呀，实在是香，馋涎欲滴。

只可惜现在用猪油做菜做点心的越来越少，商家商贩为了讨好顾客，也和他们一样戒了猪油。所以留在我们记忆中的印象最深的猪油大饼，几乎绝迹了，找不到了。

可是真正讲究吃的苏州人，照样有本事在苏州的小巷角落里找到带有历史气息的猪油大饼，然后，每天早晨，上班路上，舍近而求远，在车流高峰的时候，绕道去那个地方。据说是有一个是双塔定慧寺巷附近，还有一个是苏苑街道一带，我没有去过，但是我却听许多苏州人说过许多遍，在那些个巷子里，你能看到，普通的老百姓，公司的白领，机关的领导，他们都在一起，排队，买猪油大饼。

在苏州，且跟着吃货走一走吧，肯定不虚此行的。

木渎石家饭店

说的是木渎老镇老街上的那个老石家饭店，是苏州人的最爱。经常会有苏州人三几成群，不嫌路远，结伴驱车，前往木渎石家饭店去。

一进木渎古镇，扑面而来的是一条老街，更是一股久违了的亲切的气息，是一种似曾相识的熟悉的气韵。其实这种气韵许多年来一直在我们心里弥漫着，结集着，终于，今天，我站到了这里，和它零距离的接触，和它全方位的融合，我们怀着的乡里乡亲的感觉，终于舒展开来，我们沿街而行。

老街是古老的，屋檐上那些精致的瓦片，脚底下那些沉静的麻石，无不与我们意气相投。随着老街的延伸，我们还可以继续往前走，我们可以在这里流连忘返，只是，现在，我们停下来了，没忘初心，我们是来吃的。

石家饭店，已经出现在我们眼前了，在老街的中段，它既低调又热烈，在那里迎接我们。

木渎老镇老街上的老石家饭店，仍然保持着的质朴的纯真的乡土气息，一下子就熏醉了我们。

走进一楼的大厅，这里如同从前我们熟悉的大食堂，老式的方桌和普通的凳子不疏不密恰到好处，一些穿着普通的客人正在吃饭，一些普通的服务员在工作，多半是些中年妇女，她们面色平和，不急不忙地穿梭在桌子与桌子之间，给客人上一盆盆看起来十分普通的家常菜。

再往二楼上去，总以为这里会有所包装、有所变化了，可是上得楼来，才发现二楼也是大食堂式的大厅，与富丽堂皇沾不上边，与高大上也不搭界，甚至没有什么新的感觉，仍然是一些普通的客人在吃饭，一些普通的服务员在工作。

我们坐下来点菜、然后开始品尝，毫无疑问，在普普通通的店堂里，和普普通通的客人一起，由普普通通的服务员端上来的看起来很普通的菜，那滋味那卖相，可是一点也不普通。

都知道能够把海参鱼翅做得好吃固然不简单，要把青菜豆腐做得令人称道恐怕也是不容易的，石家饭店的大师傅，端上他的石家酱方，会让许多人一辈子难忘。记得那一天，我们到石家饭店吃饭的几个人，有人平时不吃肥肉，有人有胆囊炎或者肠胃不好，却都没能抵御得了酱方的诱惑，吃了个满嘴流油，心满意足。

也有味鲜美而不油腻的菜，清清爽爽，三虾豆腐，用刚刚手剥出壳的虾肉虾子虾脑，和豆腐一起烧，这豆腐可也不是一般的豆腐，那是灵岩山的僧人专门制作，格外白净细嫩。

赶紧舀一勺，小心烫嘴，可是，烫也好，不烫也好，顾不上了，那真是打嘴不放的了。

好像那个季节，鲤鱼还没有长大，如果到秋天来，还能来品尝到天下闻名的鲃肺汤。

于右任题过："归舟木渎犹堪记，多谢石家鲃肺汤"，原来在从前的时候，民国的时候，好多社会名流都来这里吃饭呢，更早的时候，据说连乾隆皇帝也来过，只是，无论谁来，石家饭店永远都是那么地朴素，永远是那么地讲究质量，这个品牌，是属于所有人的。

所以，苏州人专门跑到出了苏州城，跑到郊区的饭店吃饭，值吗？值。

石家饭店早些年已经在木渎镇上开出了大而新的店，近些年，又在苏州城里开出了连锁店，最洋气最现代的金鸡湖李公堤那里，也有了石家饭店。只是，无论石家饭店开在什么地方，石家菜的苏州味道，是不会改变的。

阳澄湖大闸蟹

春天的时候，来了几位北方的朋友，坐在苏州的茶馆里喝茶，谈说苏州，说着说着，就说到了阳澄湖的大闸蟹，害得大家开始偷偷地咽唾沫了。他们是经常走南闯北的，苏州来过不止一两次了，只要在秋天来，都能吃到阳澄湖大闸蟹，吃过也不止一两次了，但是其中有一个人有一点疑问一直在他的脑海里，因为大家都说阳澄湖大闸蟹好，他却不敢说出来，为什么他的感觉不怎么样呢？

直到去年秋天，他又来了，这一回不是在宾馆饭店里吃大闸蟹，他被领到阳澄湖里的莲花岛上，吃了大闸蟹。所以他说，我这才知道什么是阳澄湖大闸蟹。原来从前吃过的，都不是阳澄湖大闸蟹。

作为一个苏州人，阳澄湖我当然是知道的，近距离接触过，亲近过，坐着快艇在湖上转圈，水花在脸上飘飘点点。至于阳澄湖中的莲花岛，那也是颇有名气的，是我向往已久却一直未能去到的地方。有一次已经走在去往莲花岛的路上，走到一半，差不多快听到湖的声音了，却忽然因为另有事情，中途返回了；还有一次，也已经约好了朋友去莲花岛吃螃蟹，结果朋友却把饭局放在了城里的饭店里了。一次又一次与莲花岛擦肩而过，使莲花岛在我的心里越来越神秘，诱惑也越来越大，忍不住向一个去过莲花岛的朋友打听莲花岛，他说，莲花岛啊，除了你可以想象的湖光水影，农家风景，鲜鱼土菜，还有一道风景煞是壮观，家家有快艇，河面像街道，快艇来来往往，就像船开在街上，两边围起来养蟹的围栏，就像是城里的高楼大厦。这道奇特的风景线，愈发地牵动了我的向往，我想，到今年的秋天，我的这个愿望应该实现了吧。想象着，秋风渐起天高气爽的那一天，呼朋唤友去阳澄湖上的莲花岛品尝阳澄湖大闸蟹。

这一天终于来到了，尽管有些阴雨，但大家情绪高涨，也顾不得先看看莲花岛上是怎么绿荫覆盖，也来不及感受上这世外桃源的气韵和气息，甚至没想到先看一看那些养蟹的渔民正在干什么，我们就急急地直奔主题了。

且看端上桌来的蟹，只只体大肥硕，红壳白肚，金爪黄毛，十肢矫健，如假包换。

不能客气了，不能再等了，再客气再等馋涎就要掉下来了，赶紧开吃吧。

那叫一个肥嫩鲜美，那叫一个膏腻黄香，从来都是能说会道的一帮文人，到那里一张嘴都是不肯停息下来的，且又喜欢形容，又习惯夸张，可是，到了大闸蟹面前，嘴巴不够用了，词语也不够用了，实在是妙不可言，无语凝噎。

从前大家都认定，只有吃过了螃蟹，其他再好的菜肴都会索然无味，这真一点不假名副其实，而我的嘴巴似乎更刁，因为从此以后，我几乎很少再吃别种的蟹，享用过莲花岛正宗的阳澄湖大闸蟹以后，真的很难再对别的蟹移情别恋，这种对于正宗阳澄湖蟹的一蟹定终身的感情，虽然有些偏执，更有些狭隘，但却是作为一个苏州吃货的不变的坚守。

藏书羊肉

秋天快过去了，冬天来了，苏州郊区藏书乡的农民就到苏州城里来开羊肉店了。他们在苏州的大街小巷租一间旧的房子，门面都是沿街的，店堂里放几张旧的方桌和一些长条板凳，靠门的地方也有一张桌子的，桌子上有一个碗橱，里边是烧熟的羊肉、羊杂碎，有红烧的，也有白烧的，还有羊腰子这样的东西。冻羊羔是比较贵的，天气不太冷的时候，它也能冻起来，冻成方方整整的一块，刀切下了去，也仍然是方方整整的。桌子上还有一块砧板，是用来切羊肉的，砧板很厚，上面有一层油腻，用刀刮一刮，可以刮下很多的，但是他们一般也不去刮它的。一只很大的木桶坐在炉子上，总是热气腾腾的，有的人买一份羊肉或者羊杂碎，要加两次汤，还有的人要加三次汤，所以羊肉汤一定会保证好的。旁边的碗里有一碗碧绿生青的大蒜，切碎的，吃羊汤的人可以自己动手抓大蒜的，也有的人不吃大蒜，但是一些吃大蒜的人总是说，喝羊汤不放大蒜怎么吃法？每一张方桌上都有辣椒和盐，也都是由吃羊肉汤的人自己放的。在大冷的天气里，人在外面走路，冻得直抖，走进羊肉店，喝一碗羊汤，就暖和了，心情也会好起来，精神也焕发了，走出去的时候，就像换了一个人。

羊在乡下的羊圈里养着，到了时候，就把它们拉出来杀了。家里的人把刚刚杀死的羊装在蛇皮袋里，坐中巴车，把羊送上来，在店堂后面的灶屋里，他们把羊肉烧熟了，就拿出来卖。羊肉是新鲜的，不是冷冻肉，经常吃羊肉喝羊肉汤的人一吃就能吃出来的，所以到秋天的时候，羊肉店开出来，生意十分的好。李时珍在《本草纲目》里说：羊肉，甘，苦，大热，无毒，可以医治很多病的。从前在中药里边，用羊肉做主料的药方也是很多的。

这样的生意可以维持几个月，等寒冷的冬天过去，开春了，不等到春暖花开，他们就要关门回家了。这个房子就由东家收回去，再租给别的人开其他的店，一般人家只能开到十月份，那时候，羊肉店又要来了。

每年到那个时节，某个农民就会到街面上租房子，他就从农民成了一个临时的老板，香喷喷的羊肉味道飘到街上，会有很多苏州人进来，喊道：羊汤，羊肉，羊杂碎。生意是很好的，天越冷，生意越好。

这位临时老板如果是年轻的，那么可以想见的他的父辈爷爷辈早就在苏州城里做羊肉生意了，也许这个店面都是他父亲或爷爷都租过的，但这种可能性并不大，因为苏州的城市建设变化很大，冬天的羊肉店一定也是随着搬迁、又搬迁的。只是无论它搬迁到什么地方，总是有人进来吃羊肉喝羊汤。

羊肉店的店面不能算是新租的，但也不能算是常租的，它是季节性的。现在苏州羊肉的店已经开到其他地方去了，上海有，南京也有，但是在其他地方吃苏州羊肉，吃不出苏州的味道，这也不能算是奇怪的事情，毕竟水也不一样，火也不一样，环境也不一样，吃的人也不一样嘛。

羊肉店一般在晚上的生意要比白天更好，苏州人喜欢夜里、甚至是很深的夜里出来吃羊汤，他们夜里在街上行走，看到羊肉店，会有回家的感觉，很温馨的，他们会停下脚步，或者从自行车上下来，或者从小汽车里钻出来，走进店堂去，一碗很便宜的热腾腾的鲜脱没毛却一点儿也不膻的羊汤下肚，真是赛过神仙日子。

图书在版编目（CIP）数据

坐在山脚下看风景 / 范小青著 . —北京：民主与建设出版社，2017. 8
（名家散文自选集）
ISBN 978-7-5139-1102-3

Ⅰ . ①坐… Ⅱ . ①范… Ⅲ . ①散文集—中国—当代
Ⅳ . ① I267

中国版本图书馆 CIP 数据核字（2017）第 199631 号

坐在山脚下看风景
ZUOZAI SHANJIAOXIA KAN FENGJING

出 版 人	许久文
总 策 划	李继勇
责任编辑	刘　芳
封面设计	宋双成
出版发行	民主与建设出版社有限责任公司
电　　话	（010）59417747　59419778
社　　址	北京市海淀区西三环中路 10 号望海楼 E 座 7 层
邮　　编	100142
印　　刷	三河市腾飞印务有限公司
版　　次	2017 年 10 月第 1 版　2017 年 11 月第 2 次印刷
开　　本	787mm × 960mm　1/16
印　　张	20 印张
字　　数	173 千字
书　　号	ISBN 978-7-5139-1102-3
定　　价	39.80 元

注：如有印、装质量问题，请与出版社联系。